characters
「有時候更希望自己是出生於普通家庭的普通人，會過得更輕鬆一點。」
伊索爾德
年齡：15
是第一個與有奕巳成為朋友的亞特蘭提斯人。
出生於亞特蘭提斯的大貴族家庭，卻無法使用其種族的天生力量，因此前往北辰學習。
CHIEF PROSECUTOR OF THE GALAXY

characters
「為堅守信念而不惜一切的人，
信念崩塌時也將迎來毀滅。」
有琰炙
年齡：18
北辰軍校的優秀學員，上將有壬耀的獨子。
為人冷淡克制，專注於提升自己，身體卻有隱憂。
CHIEF PROSECUTOR OF THE GALAXY

GOBOOKS
& SITAK
GROUP©

GOBOOKS
& SITAK
GROUP©

三日月書版

三日月書版

星際首席
検察官
YY的劣跡
illust. あさ
Chief
Prosecuto
of the Gala
三日月書版
輕世代 BL038

Chief Prosecutor of the Galaxy
星際首席
検察官
author. YY的劣跡 illust. あさ

Contents

characters

「我是即將拯救世界的救世主。」

有奕巳

年齡：15

衝動好勝，但並非一味莽撞，而是該贏的勝負全力以赴，一定會贏。

CHIEF PROSECUTOR OF THE GALAXY

characters
「你做得很好。（僅限有奕巳專用）」
慕梵
年齡：200↑
身分：王位繼承人
認定的目標決定不會放棄，認定的人絕對不會放手。
CHIEF PROSECUTOR OF THE GALAXY

第十五章　或躍在淵（一）

早晨。

衣領和袖子全部整理好。

釦子一直扣到第二顆，不拘謹也不放肆。長褲整理出筆直的線條，顯得身形更加挺拔修長。

對了，還有袖釦，必須完美地佩戴在合適的位置上。

有奕巳對著鏡子整理好衣著，手指劃過肩膀上的銀色系章，對自己露出一個燦爛的笑容。

搞定！

一日之計在於晨，完美的一天，從著裝開始。

他走下樓梯，見到在那裡等待著的伙伴們。

沈彥文、伊索爾德還有衛瑛，都在樓下大廳等著他。三個穿著黑白校服的少年少女，各有各自的颯爽風姿。

「嘖嘖，果然是人靠衣裝啊。」看見下樓的有奕巳，沈彥文取笑他，「你剛來北辰的時候穿得跟剛進大城市的土包子似的，現在終於有了學生的樣子。」

有奕巳笑而不語，他沒告訴沈彥文，那時候的那套衣服，已經是他當時唯一整齊乾淨的衣服了。不過這種說出來只能博取同情的事，現在也沒必要再提起。

他對著幾名伙伴微笑道：「走吧。」

今天，是北辰軍校新學期的開學日，也是一〇二〇屆新生們正式上課的第一天。

從宿舍區出來，一路上四人就吸引了不少目光。無論是黑白混雜的校服，還是眾人平均值以上的容貌，都相當顯眼。

然而，最顯眼的還是有奕巳這座行動招牌。經過各大媒體為期一週的反覆宣傳，整個北辰幾乎沒有人不認識他了。

走到守護學院門口，衛瑛和眾人告別。而到了星法學院，在法官候補系的伊索爾德也先行離開。最後，只剩同為檢察官候補系新生的有奕巳和沈彥文。

有奕巳看見這傢伙一路上欲言又止，就知道他絕對有話想說。

「有什麼事想說就說，憋在心裡不難受嗎？」他好笑道。

「好吧，那我就問了。」沈彥文看了周圍一眼，壓低聲音道：「他不會有事吧？」

「他，哪個他？」有奕巳明知故問，「你不說清楚，我真的不知道你想表達什麼。」

「還能是誰！」沈彥文惱羞成怒，「就是慕梵啊，最近流傳的那個消息你也聽說了吧？我問你，慕梵會不會真的被取消入學資格？」

「看來你很關心他嘛。」

「我是關心敵人的動向好嗎！再說，好歹曾經同隊合作過，我就是好奇嘛……你到底說不說！」

見對方真的有幾分惱怒，有奕巳停下開玩笑的心思，認真道：「你為什麼要擔心慕梵呢？堂堂一國王子，入學資格也是光明正大考來的，別人能這麼輕而易舉地剝奪嗎？」

「可是……」

「你覺得慕梵是什麼人？」有奕巳索性停下來問他。

「嗯……亞特蘭提斯王子，實力強大到不可思議，人有點傲慢，但還算好相處。」即使不明白有奕巳為何突然這麼問，沈彥文還是乖乖回答了。

「別的呢？」

「什麼？」

「除了實力，除了王子的身分，慕梵這個人的其他資訊呢？他來考北辰的目的、他的興趣愛好、他的專長取向？」

「我、我怎麼可能會知道這些！」

見沈彥文答不上來，有奕巳笑了笑，「不僅是你，我也不知道。即使我和他曾經這麼近距離地相處過，我也沒看到除了強大的戰力外，他暴露出的其他特點。」

當然，不小心看到慕梵的尖耳，以及慕梵變成迷你鯨鯊這點，有奕巳不會輕易對別人說的。

「一個活了超過兩百年的鯨鯊，他有可能只有一身武力，卻沒有別的專長嗎？」有奕巳冷笑道，「如果周圍所有人都這麼認為，那才是他的可怕之處。」

「雖然聽起來很厲害，但我怎麼覺得沒聽懂你在說什麼……」沈彥文懵懵懵懂懂道。

有奕巳白了他一眼，「我的意思是，這位王子殿下既然懂得藏拙隱忍，也知道以弱示敵，你就不用替他擔心了，還是多擔心你自己吧。看見沒有，到了。」

他指著眼前標示著「一〇二〇屆檢察官候補系」的教室，拉著沈彥文的衣領，將人拖了進去。

「今天開始，我們要正式學習成為一名檢察官，你做好準備了嗎？」

當有奕巳這麼說的時候，沈彥文還沒有明白這句話的深意。

他們進入教室時，已經有十幾個人坐在位子上等了。這一屆的檢察官候補新生只收了二十五人，現在一大半人都到齊了，有奕巳他們來得並不算早。

和其他學生不一樣，這十幾個人看到有奕巳並沒有露出特殊的情緒，只是抬頭看了一眼，就各做各的事情了。即便如此，有奕巳也敏銳地察覺到，自己似乎被排擠了。

沒有折辱，沒有挑釁，這種近乎無視的態度，卻讓人覺得自己被隔離在群體外。沈彥文似乎也受到他的連累，成為被排擠的一員。

找了個位子隨便坐下，有奕巳漫不經心地挑起嘴角。

他不在意被人冷落，只是覺得有趣。考入檢察官候補系的無一不是天資聰穎之輩，如果和這幫人鬥智鬥勇，可比戲弄別人有挑戰性多了。

一〇二〇屆檢察官候補系的學生，就在這樣暗潮洶湧的氣氛下，迎來了他們開學的第一天。

在上課鐘響完的那一秒，一個男人推門而入。這人看著孔武有力，肌肉虯結，走路時甚至可以看到褲子下大腿肌的運動，而滿臉的鬍鬚遮住了大半張面容，只露出一雙犀利有神的眼睛。

看起來不像老師，倒像是街頭惡霸，有奕巳心想。

「很好，二十五人，無一遲到，無人曠課。」

一進門，男人就對好整以暇地等待上課的學生們露出了滿意的表情，「這意味著，你們至少遵守了身為一名檢察官最基礎的要求——遵守紀律。但是……」他話鋒一轉，點起一名同學，「你，對，就是你。你坐在最靠近門口的位子，為什麼我剛才進來的時候，你一點戒備之心都沒有？」

被點名的同學無辜地道：「老師，這裡是學校，我們在等您上課。」

「老師？誰告訴你我一定就是老師？如果我是偽裝成老師的敵人呢？如果我是其他星系的間諜呢？如果我進來，就是為了殺光你們這些新生，讓北辰這一屆的檢查官候補系後繼無人呢？」男人激動地反問。

「可是，那根本不可能啊。」

「不可能？就因為現在是和平時期，就因為我們和帝國停戰了？笑話！

北辰軍艦每天在邊境巡邏是為了什麼？這麼多軍人辛辛苦苦地訓練是為了什麼？一點防範之心都沒有，自以為活在太平盛世，你去隔壁問問那個慕梵，看人家亞特蘭提斯王子會不會嘲笑你們！」

慕梵躺著也中槍。

「老師，我們在你進來的時候攻擊你，就是正確的選擇嗎？您說的這些，都是小概率事件。」這些學生顯然也不是這麼好糊弄的，很快就有人反駁道：「如果因此而誤傷您，豈不是更離譜的錯誤？」

「你問得很好，我需要找人來替我回答。」男人目光掃視一圈，停留在有奕巳身上。

「這位同學，請說出你的理解。如果剛才是你，你會做出什麼選擇？」

感覺到眾人的視線都集中在自己身上，有奕巳緩緩起身。

「我不會選擇攻擊，老師。」

「為什麼？你也覺得現在是和平時期，不需要這些無謂的防備嗎？」

「不，我只是不做無謂的犧牲。」有奕巳道，「我們身在主星，而且還是軍校，如果有人可以穿過層層防禦進來，他的實力肯定遠高於我們這些學生。貿然動手，只會激怒對方。」

「所以你選擇做一個懦夫？」男人尖銳地質問道。

「我選擇忍耐。」有奕巳說，「盡可能地保全性命，再等待合理時機反擊。」

男人終於露出了笑容，「就像你在卯星上對其他小隊那樣？將敵人引入你的陷阱？」

其他學生面露尷尬，因為他們其中不少人，就是敗在有奕巳手中。

「當然不一樣。」有奕巳說，「這裡是北辰軍校。如果有機會，我會讓守護學院的高級異能者對付您，何必自己動手。」

「哈哈哈哈哈！」男人終於開口大笑，「為什麼你要叫蕭奕巳呢？明明是個有趣的小傢伙，可惜啊可惜。」

有奕巳挑了挑眉毛，「謝謝老師關心，我並不覺得這個姓氏有什麼不好。」

男人深深地看了他一眼，結束了這段對話，再次面向眾人。

「也該向你們介紹我自己了，我叫哈爾伯特·薩丁，你們的異能科教授，同時也將在這四年中擔任你們這一屆的指導老師。」

「那、那個薩丁?!」

原本端坐著的沈彥文忍不住大叫，隨即又連忙捂住了嘴。

「哦，看來有一個小傢伙已經認出我了。」薩丁微笑道，「沒錯，就是那個薩丁。」

那個薩丁？哪個薩丁啊？

有奕巳拚命在腦海中搜索資料，等找出薩丁相關的資訊時，他整個人都愣住了。

哈爾伯特．薩丁，有史以來第一位被全星域通緝的星際海盜，異能在九級以上，是極少數達到乾階的超級強者。他作惡多端，曾逍遙法外數十年，其間犯下不少重大案件，甚至劫過共和國軍部後勤艦隊的物資。直到十幾年前，才被成功逮捕並判處終身監禁。

然而，這樣一個江洋大盜，竟然成為了共和國未來的精英、星法典的執掌者——檢察官候補系學生的異能科教授?!

教室內傳來壓抑不住的驚呼，薩丁得意地笑了。

「看來，你們終於開始明白『危險無處不在』的意義了，小菜鳥們。」

讓一個曾經的星際海盜來擔任未來檢察官們的老師，北辰軍校的負責人不是太過異想天開，就一定是走火入魔了。瞭解薩丁的身分後，學生們認真地開始懷疑起來。

薩丁滿意地看著新生們臉上的表情，笑道：「放心，無論我以前是什麼身分，現在就只是你們的老師。」

他拍手喚回眾人的注意力，「今天是開學第一天，本來要幫你們安排各科的入學指導，但因為出了一點意外，其他老師都分身乏術，只有我有時間來照顧你們這群小混蛋。慶幸吧，你們還有一天的喘息時間，到了明天日子就不會這麼好過了。」

薩丁嘿嘿笑道：「我很期待看到你們被課程折磨得生不如死的模樣。」

作為曾經的海盜，薩丁的用詞一點都不文雅，令在場不少學生都皺起了眉，有奕巳卻聽得興致盎然。同時，他對薩丁口中的魔鬼課程也充滿了好奇。

「不過在那之前，你們只能先上一整天的異能課了。好了，小鬼們，現在誰能告訴我，身為檢察官候補，你們的異能有什麼特殊之處？」

見薩丁轉換得如此迅速，在場很多人都有些反應不過來。在他又問了一遍後，才有人小心翼翼地回道：「檢察官與法官的異能，是注重精神而不是肉體的鍛鍊。」

「哦？還有呢？」薩丁懶洋洋地問。

「我們雖然同樣能掌握變化系、元素系和強化系的攻擊異能，但是更擅長在精神上壓制對方，使對方為己所用。所以我們注重對精神的鍛造，屬於輔助系異能。」

「只注重精神？對，你們就是一群軟綿綿的小綿羊，一旦壓制不了對方，就只能任人宰割，還要依靠『騎士』來拯救自己。」

聽見他這麼諷刺，有人不再顧及薩丁的身分，忍不住道：「星法學院注重對精神的掌控，難道有什麼不對嗎？」

「沒有什麼不對。」薩丁說，「只是我不喜歡。」

他這麼理直氣壯地表明好惡，倒是讓反駁的學生說不出話了。

「自從人類基因進化以來，異能已經成為了我們生活中不可缺少的一部分，食物、衣著、水源、科技生產、民生娛樂和軍工冶煉……你想像到的任何領域，都存在異能。」薩丁緩緩道。

「眾所周知，元素系的異能者操縱風火水雷電各種自然元素，是攻擊性最強的一系。但是元素系的異能者，就只能練習攻擊的手段嗎？

「我曾見過一個雷系異能的朋友，他利用自己對精神與靈魂的深度理解，成為了一名出色的精神科醫生，他的電擊治療法廣受好評；也有部分的強化系異能者，同時具備力量優勢與對元素的出色掌控力，成為了優秀的鑄造大師。是什麼讓你們認為，檢察官就只要注重精神的修練，而忽視其他？」

被薩丁這麼一反問，所有人都沉默不語，連有奕巳也開始反省自己之前對異能的理解。他無法掌握元素，也不能強化肉體或變幻外貌，所以有奕巳一直以為是自己的異能只擅長精神領域。現在聽到薩丁的話，似乎異能到了高階就能觸類旁通？

如果真的是那樣，他就不用當一個只能被騎士守護的弱者，而是真正擁有保護自己的實力。要知道，因為星法學院的學生向來不注重攻擊力，戰鬥力低下，沒有騎士的保護就很容易發生危險，長期被戲稱為「公主學院」。

看見學生們都開始認真思索，達到目的的薩丁微微一笑。

「好了，那是之後才需要考慮的問題。今天，為了照顧你們這群毫無經驗的小鬼，我只設計了一個簡單的任務。你們不是號稱專精於精神異能嗎？那麼各位擅長異能壓制的檢察官候補們，不如來試一試誰能壓制住我的精神，控制住我。」

全體學生心想，老師是在開玩笑吧……讓他們壓制一名乾階的異能者？

一般異能壓制只能對同級的異能者產生作用，跨階級壓制更是難上加難。要是失敗的話……施展異能的人可是要承受十倍反噬的痛苦！

此刻，學生們終於感受到了來自老師的深深惡意。

「課堂表現會算在你們的期末分數裡。」薩丁表明了他的認真，「現在按照學號一個一個來，讓我看看名冊——蕭奕巳。」

不幸被抽中的有奕巳，就這樣成為了第一隻待宰的羔羊。

根據隔壁教室的法官候補新生說，那一天，他們聽到檢察官候補教室傳來的一聲聲哀號，連綿不絕。

等到結束課程時，有奕巳幾乎是趴在桌上動不了了。

二十五個學生中，他受到的反噬最為嚴重，精神消耗也最大。其他人都以為，這是因為有奕巳的異能等級過低的緣故。

他的確是異能等級低下，不過，卻不是因為異能太弱而加劇反噬，是他之前在卯星消耗的精神力還沒有恢復。

「沒事吧，還能站起來嗎？」同樣疲勞的沈彥文擔心地問道。

「你先回去吧。」對著想要攙扶自己的沈彥文，有奕巳擺擺手，「我休息一會就好。」

「你確定？」

有奕巳已經懶得說話，只能用揮手來回答他。不太放心的沈彥文又問了好幾遍，直到被有奕巳嫌煩了，才一步三回頭地離開。

好不容易安靜下來，有奕巳趴在桌上準備小睡一會恢復體力。沒想到，這一睡就睡了好幾個小時。

「你是準備在這裡待到天亮嗎？」

一道戲謔的聲音傳入耳中，將睡得迷迷糊糊的有奕巳喚醒。他揉了揉迷濛睡眼，看到了站在身前的高大身影。哈爾伯特·薩丁？他怎麼還在這裡？

「薩丁老師，你——」看清對方手裡的物品時，有奕巳立刻驚訝地按向胸口，那裡已經空無一物。

「你怎麼能擅自拿走我的東西！」他憤怒地吼著。

薩丁嗤笑：「自己睡覺不知道防備，還怪別人？要是在戰場上，你早就死幾百遍了。」

有奕巳克制住情緒，緩聲道：「那是對我而言很重要的物品，請還給我，薩丁老師。」

薩丁手上把玩的，正是有奕巳唯一擁有的父母遺物——有銘齊的檢察官徽章。看著銀黑色的徽章在薩丁手指間被翻來覆去，有奕巳的心都要提了起來。

「你一個候補生，哪來的檢察官徽章？」薩丁道，「我只是很好奇，順手拿來看看而已。」

有奕巳咬牙不語，不能讓他再探問下去了……便將注意力集中到眉心，全神貫注地凝聚精神，感覺到眉心越來炙熱。

把徽章還給我。

薩丁的動作停頓了一下，不一會，又恢復正常，只是他再看有奕巳時，目光已經截然不同。

「你這傢伙真是……」薩丁錯愕地看向他，「要不是我早有準備，差點被你影響到。一言不合就動手，嘖嘖，這臭脾氣簡直和……一模一樣。」

接下來的話有奕巳沒有聽清楚，他只覺得大腦脹痛，彷彿要炸裂開來。他剛才試圖壓制薩丁，但沒有成功，因此正在忍受十倍的反噬。要不是有成功壓制慕梵的經驗，要不是徽章對自己太過重要，他也不會冒這個險。

此時，失敗的惡果讓他宛如身處地獄。

看見他這個模樣，薩丁嘆了口氣，伸出手指在有奕巳太陽穴揉了揉。反噬的痛苦頓時減輕許多，有奕巳抬起頭，詫異地看向他。

薩丁把徽章扔給他，「好好收著，要是被別人發現就沒那麼幸運了。」

「你……」有奕巳十分感激，但又有些疑惑。

薩丁願意幫他治療反噬，並幫他掩飾剛才的異樣，可見他對自己沒有任何惡意，那為什麼要搶走徽章？

「手裡拿著這麼寶貴的東西，卻不知道利用。」根本不打算解釋自己的行為，薩丁甩手就走，「小傢伙，有空用你的精神力壓制我，不如回去好好搞清楚這徽章裡的祕密。」

直到薩丁的身影消失在教室門口，有奕巳才逐漸悟出他話裡的含意。薩丁的意思難道是指這徽章另有玄機，需要使用精神力探查？有奕巳興奮地握住徽章，在手裡反覆查看。

早在異能測試回來後，他就嘗試著想找出徽章的祕密，只可惜一直沒有頭緒。此時得到指點，他恨不得立刻回到宿舍嘗試一番。

然而，還沒等他展開行動，又有人找上了門。

「蕭奕巳，你怎麼還在這裡？」沈彥文從門口探頭進來，「我找了一大圈，沒想到你竟然在教室裡睡到現在！你是豬嗎！」

心情絕佳的有奕巳不介意他的失言，「找我什麼事？」

「是殿下。」伊索爾德跟在沈彥文之後出現。「關於慕梵殿下的入學資格爭議，北辰已經決定申請兩院眾議，投票決議。」

「兩院眾議？」

「所有的教授和學校董事都會參加眾議，一同決定是否給予殿下入學資格。」伊索爾德補充說，「由於我們測試時與殿下同一隊伍，被賦予旁聽資格。眾議晚上就要開始了，所以提前來找你。」

有奕巳不由地咽了一下口水，「所有的教授和學校董事都會去，那就是說……」

「對！上將大人也會來！」沈彥文興奮道，「這可是五年來上將大人第一次返校，慕梵這傢伙真有面子啊。」

作為北辰唯一的軍校，學校借用軍隊的人員授課，甚至與軍方合作，都是再自然不過的事。而北辰軍校現在的名譽理事長、校董會的一員，就是北辰星系現任的三軍上將——有王耀。

同樣姓有，卻不是萬星之有，而是當年萬星一位出嫁的女兒在夫家誕下的子嗣改姓的後裔。從輩分往上數，那位女性大概是有奕巳爺爺的爺爺的爺爺的妹妹，換句話來說，就是他的祖祖姑婆。

現在，這位祖祖姑婆的後人，就要出現在自己面前了。

有奕巳的心情十分複雜。

第十六章　或躍在淵（二）

CHIEF PROSECUTOR OF THE GALAXY

當天晚上，北辰軍校的議事廳。

一向只在重大事件時才開放的大廳，此時卻像菜市場般人滿為患。

「快，快，就是這裡！」

沈彥文拉著兩人在人群裡穿梭。

「我已經讓衛瑛幫我們占位子，不要被搶了。啊，找到她了，衛瑛！」

沈彥文朝不遠處的少女用力招手。

看著他這副上竄下跳、像猴子般的模樣，有奕巳真想轉過頭去，假裝不認識他。然而，周圍像沈彥文那樣忙於占座的人，顯然不止一個。

可以看到，席位不過百的旁聽席上，已經坐滿了九成，剩下的空位子也早早被占住。即便如此，還是有大量人潮堵在門口，想找機會進來。

「沒想到人這麼多。」伊索爾德跟在他身後感慨道，「帝國舉行國務會議的時候，也不會有那麼多人在場。」

「都是來看熱鬧的人罷了。」有奕巳說，「你沒看見正中央的圓桌席位上，真正有身分的人一個都還沒出席嗎？」

說話間，他們已經找到了衛瑛占好的座位坐下，看著其他人繼續忙碌地跑來跑去。

「你們猜猜看，這麼多人裡面有多少是來看慕梵，有多少是來看上將閣下的？」有奕巳還有閒心開玩笑道。

「一半一半吧。得到消息來看慕梵好戲的是學生居多，但其他人大概都是衝著上將閣下來的吧。」沈彥文道，「畢竟自從北辰第一艦隊出巡後，閣下就很少回主星了，平時都難得見他一面。」

「哦，慕梵的面子居然這麼大，能讓這位上將特地趕回來一趟？」

「那倒也不是。」衛瑛說，「聽說最近軍隊有大調動，閣下是為了公務回來的，慕梵的事應該只是順帶。」

軍部體系的大調動？

有奕巳想起愁眉不展的柏清，莫名覺得兩者間也許有某種關聯。難道沉寂百年的北辰星系，又要迎來一場腥風血雨了？

正在他恍神的期間，有人走上了中間的高臺。

「各位旁聽人員請保持安靜，眾議即將開始，請不要發出嘈雜聲響，影響議會秩序。」

一番告誡後，旁聽席上逐漸安靜下來。等到沒有人隨意交談時，工作人員才滿意地點點頭，走到通道另一端，請真正重要的大人物們登場。

有奕巳第一個看見的就是威斯康校長。老頭還是和上次見面時一樣精神抖擻，明明已近天命之年，身體還是像年輕人似地硬朗。跟在他身後的，則是幾名沒見過的男女，應該就是其他校董會的成員。

最後一個人出場時，引起了現場人員不小的騷動議論。

「是上將閣下！」

有奕巳緊盯著那道人影。

北辰三軍上將有王耀，看起來不過而立之年，容貌英武，行走間步伐穩健有力，一頭淡金色的頭髮，象徵著他血脈裡前銀河第三帝國的貴族血統。但是上將卻沒有遺傳到古貴族的蔚藍瞳孔，反而是一雙黑色的眼睛，不知是不是與他身上的有家基因有關。然而這雙黑眸卻與有奕巳不同，前者讓人聯想起宇宙無盡的深淵，後者卻像剛入夜的暮色，充滿著可能與未知。

上將雙眼下深深的黑眼圈，顯示著他最近休息得不太好。這讓天天酣睡的有奕巳不由得為這位遠親抹了一把同情的淚水。

有王耀上將坐上圓桌後，下意識地環視大廳一周，尤其往有奕巳的方向多看了幾眼，這個動作讓有奕巳心裡一跳，連忙收回目光。

伊索爾德發現了他的異樣，問道：「你怎麼了？」

「大概是昨天沒休息好。」有奕巳敷衍過去，卻不敢再明目張膽地打量有王耀。這位百經沙場的上將，對他人的視線十分敏感，有奕巳可不想在這個時候暴露身分。

臺上，參加眾議的校董事已經聚集，決議卻遲遲沒有開始。臺下，剛剛安靜下來的旁聽席，又傳來一陣騷動。有奕巳這才發現，就連上將都已經到場，慕梵竟然還沒出現。

「亞特蘭提斯的二王子殿下為何還未抵達？」校董中有人質疑道，「難道他默認自己的過失，要放棄入學資格嗎？」

「不，殿下不認為自己存在過失。」替慕梵回話的，是他的祕書官梅德利。

「那他是拒絕認可我們眾議的有效性，所以用缺席來表達抗議？」

這句話說得十分誅心，簡直是在故意破壞慕梵與北辰軍校的關係。說話的是一個禿頭的中年男人，肩膀上別著法官徽章，他看向梅德利的目光充滿挑釁。

「殿下既然考取了北辰的入學名額，就視自己為學校的一分子，豈會蔑視眾議的效力？」祕書官依舊滴水不露地回答。

禿頭法官哼了一聲：「那他就是借著自己身分，故意比我們還要晚到，是連上將閣下都不放在眼裡了嗎？是啦，畢竟是堂堂鯨鯊——」

「包法利。」威斯康校長清了清喉嚨，「上將都沒有介意，你這麼多話顯得不合時宜吧。」

禿頭法官被反嗆了一句，也不好再說什麼。同時，威斯康也對祕書官道：「殿下是否能準時抵達？」

梅德利為難道：「殿下已經盡全力趕來了。」

威斯康體貼道：「他是否有要事前往別處？如果理由合理，我們可以申請延遲眾議。」

「這……」梅德利哭笑不得。慕梵的確是前往了另一個星系，可是他的行蹤絕對不能公之於眾，實在令人為難。

威斯康嘆了口氣：「既然這樣，我們等到會議正式開始的時間。屆時殿下如果還未抵達，就只能缺席決議了。」

梅德利無話可說。他的內心非常焦急，偏偏慕梵從早上開始就沒再回覆訊息，自己也無能為力。

十分鐘後，會議時間一到，慕梵依舊未能抵達，眾議只好在當事人缺席的情況下開始。

首先，由書記員向眾人呈報決議內容。

「兩百八十九號考生慕梵，因涉嫌在異能測試中使用危害其他考生安全的力量，不顧眾人安危，被判定剝奪入學資格。理由如下……」

「請各位大人進行決議。」

像陳述罪狀般，書記員列舉了幾條內文後，便退下臺。

「我贊成剝奪考生慕梵入學資格。」一名女性校董舉起手，「他在測試中引起騷亂，本身就已經違背校紀了。」

「附議。慕梵的年齡已經超出我們招收新生的標準，也不符合入學資格。」另一名校董道。

表決者一共十五人，已經有五人發表意見，全都贊成剝奪慕梵的入學資格。

「亞特蘭提斯人本來就不該進入北辰就讀，共和國的子民與亞特蘭提斯人無法共存！」禿頭法官也舉手發言。

他的話，讓伊索爾德臉色蒼白。

「不要在意他。」有奕巳安慰道，「這種種族歧視的傢伙，一看就知道平時過得不如人意，才會拿別人來出氣。」

伊索爾德苦笑著點頭。

接下來，校董事們陸陸續續發表了意見，最後只剩威斯康和有王耀沒有決議。而目前的票數，八票贊成剝奪，五票反對。校長和上將各有兩票決議權，他們的決定至關重要。

「北辰軍校建校近千年，已經到了亟待改革的時期。此時正需要廣納人才，王子殿下並無大過，准許入學並無不可。」威斯康笑呵呵地投下了反對票。

這下，票數來到了八比七，只剩上將最後的兩票。

「閣下！」禿頭法官激動道，「請您做出明智的決定！」

從頭到尾，有王耀都未開口說過一句話，直到此時被眾人催促，他才緩緩舉起手，伸向右側的贊成鍵。

禿頭法官露出了志得意滿的笑容，有奕巳的眉頭卻微微皺起。

就在此時——

啪嗒！

會議廳大門被人用力推開，一道人影闖入，打斷了最後的決議。

「是誰？」

「慕梵！」

「他怎麼現在才來？」

「你們看他身上……」

不只是旁聽席上，連參加決議的董事們，也目瞪口呆地看向門口之人。

來者正是慕梵，卻不是眾人平時見到的打扮。

只見王子殿下的一頭銀髮被黑色束帶高高紮起，垂落於身後。身上穿的不再是普通便服，而是繡著複雜暗色紋路的貼身禮服。禮服狀似軍服，兩袖有翼狀飾物，下身收緊，顯得英姿勃勃又多了幾分瀟灑飄逸，但不是共和國常見的款式。

慕梵一手搭上腰間的佩劍，在銀灰色禮服的映襯下，戴著白色手套的手更顯修長。而他另一隻手按在胸口，對著有王耀微微頷首。

上將大人立刻起身回禮。

「見過殿下。」

同一時間，其他校董們也齊齊起身向慕梵行禮。旁聽席上的人們這才反應過來，連忙起身行禮。慕梵坦然接受，並未還禮。在這一刻，沒有人有資格直視他的雙眼。

因為慕梵此刻的裝扮，顯示的是他王室的身分，他不是學生，而是以一國王儲的身分出現。即便是有王耀上將，身分也低他一等。

慕梵放下右手，走到圓桌前方。走動間，束起的銀髮輕微擺動，在空氣中留下曖昧的光影。

他的目光掃視在場所有人一圈，在某個角落微微停頓後，很快又收了回來。

慕梵的嘴角掛起一抹笑意。

「聽說有人要剝奪我的入學資格？」

話語聲雖輕，其中的深意卻重重地砸進所有人心裡。

亞特蘭提斯的王子殿下要來真的了。

慕梵問話後，沒有人回答。

有王耀回禮後便坐回位子上，不再出聲。威斯康校長臉上掛著笑容，似乎樂於看一場好戲。其他負責決議的校董事頂著慕梵的威壓，背後已經汗濕了一片。

半晌，還是那名女性校董事先開口。

「是否剝奪入學資格，要根據您的入學測試表現而定。現在雖然還沒有定論，殿下是打算仗著自己尊貴的身分對我們施壓嗎？」

「正、正是如此！」禿頭法官也有了底氣，抬起芝麻大的眼睛看向慕梵，「即便您是亞特蘭提斯帝國王儲，也不能影響北辰軍校的公正決議！」

「公正決議？」

慕梵笑了，笑聲從喉嚨間低低逸出，聽得禿頭法官寒毛直豎。他不去理會那幾個人，走到一邊，拿過書記員手裡的文書。

「這裡列舉的幾項『罪名』，就是各位決定開除我入學資格的依據？」看著上面的文字，他一一念道：「其一，入學年齡不符要求；其二，異能測試違紀，涉嫌故意傷害其他考生；其三，實力明顯超過同屆水準，確實危險。」讀完了自己的罪狀，慕梵丟開文書，嗤笑道：「無稽之談。」

「放肆，你怎麼敢——」禿頭法官話說到一半，就被慕梵看了一眼，氣勢驟縮。

「首先年齡一事，純屬謬論。如果我沒記錯，當年上將大人入學時，也已經超過人類的十五週歲，但北辰依舊收他作為學生。那麼，上將大人超齡與我超齡有什麼區別？」

當然有區別！上將只是超齡一歲，你是超齡一百多歲！很多人在心裡吐槽，卻不敢吭聲。

慕梵看出了他們的心聲，笑道：「既然都是超齡，那一歲與一百歲有什麼區別？依據貴國星法典憲部第一章權利篇『無論種族、性別，在共和國領土上的生物都享有平等而公正的權利。』既然上將有資格以超齡身分入學，你們反而以此理由剝奪我的入學資格，我是否可以如此設想，星法所謂的『平等權利』，在貴校只是紙上空談？」

在場沒人敢說話。

星法六部，憲法為首，是其他部門法的根源與基礎，最為尊貴。在共和國的領域，沒有任何人敢公開宣稱違背憲法。慕梵此話若坐實，沒人擔得起這個罪名。

「很好。」慕梵微笑，「看來第一個理由可以否絕了。那麼第二個，誤傷同屆考生，這的確是事實。」

禿頭法官頓時眼前一亮：「既然你承認了……」

「但是，當時的情況並不受我控制。」慕梵看都不看他一眼，繼續道，「這一次的異能測試位於在卯星，上面的特殊磁場會對學生的能力產生影響，而諸位可能都沒想到，這種磁場還會引起鯨鯊體內的能量暴動。也因此，我在卯星不受控制地暴走傷害其他考生，並非本人的意志。北辰軍校作為主辦方，沒有考慮到每一個考生的情況，難道不是校方疏忽？」

此言一出，在場一片譁然。

鯨鯊一族，對外人來說向來祕不可聞，此時慕梵竟然當眾將自己受磁場克制的消息傳出，這不是自暴弱點嗎？為了一個北辰的入學名額，卻將鯨鯊的體質暴露，根本因小失大啊！

很多人替慕梵感到不解，有奕巳卻明白，這位狡黠的王子殿下，從來不做虧本買賣。

暴走是真，受磁場影響是真，可是慕梵這麼直白地點明出來，以後誰還敢光明正大地利用這個弱點去攻擊他？那幾乎是說明自己利用的是卯星的磁場，有了線索，就很容易抓捕到嫌疑人。北辰肯定也會加強對卯星的守衛，以防被有心人利用，坐實了監督不力的罪名。

慕梵以弱示敵，還為自己解決了一個心頭大患，一舉兩得。

這個燈泡真是狡猾。有奕巳忍不住暗暗翻了個白眼。

「因為北辰的安排過失引起失控，卻將罪責安在我身上。」慕梵道，「對於自己的責任，北辰軍校竟然打算轉嫁於他人嗎？」

「不。」威斯康校長開口了，「學校的過失學校自會承擔責任，我們會給予您賠償。」

「那麼這條理由？」慕梵問。

「自然也不能算在內。」

兩人相視一笑，一應一合，將第二個理由也排除在外。有心人見到這一幕，心裡不禁著急起來。

禿頭法官焦急道：「那、那麼，還有第三個理由……鯨鯊實力強大，我們實在不能——」

「夠了。」一直沉默的上將閣下終於開口。

「兩百八十九號考生的入學資格，我予以認可。」

他按下了左邊按鍵。八比九，決議塵埃落定。

「上將大人！您怎麼、怎麼能這麼決定！」禿頭法官臉色蒼白，還想說些什麼。

威斯康校長一擺手，道：「包法利法官身體不適，請帶他下去休息。」

很快，身穿警衛制服的人便上了臺，半強硬地將禿頭法官拖走。在他旁邊，其餘校董事的臉色都不是很好看。剛才要是被那個蠢貨說出北辰無力教導慕梵這種話，就是赤裸裸地打他們一巴掌了。

北辰軍校的錚錚傲骨，尤其不能在亞特蘭提斯人面前屈服。

慕梵早就料到會是這樣，所以他一開始，就沒有針對第三個理由做準備。要讓這些傲慢的北辰人承認他們不如亞特蘭提斯人？那比殺了他們還難受。

心裡冷笑一聲，他看向威斯康，等待對方做最後的決議。

「決議結果，維持兩百八十九號考生慕梵的入學資格。」威斯康宣布結果，同時道，「但是鑑於殿下的特殊身分，您雖然被守護學院錄取，卻不能取得守護騎士的資格，您是否認同？」

慕梵根本不在乎這種人類的稱號。

「認同。」

然而，此時的他卻無法預料到，就是這輕輕的兩個字，以後讓自己後悔得咬牙切齒，恨不得把老奸巨猾的威斯康從墳裡挖出來再痛揍一百遍。

不過那些都是後話了。今日，慕梵的入學危機總算解除。

「決議結束。」

威斯康校長一聲令下，校董事們零零散散地離開，旁聽席上的人們也開始退場。既然好戲結束，再留下來也沒必要。

慕梵也準備離開，卻突然被意料之外的人喊住。

「殿下請稍等。」

他回首，見喊住自己的正是寡言的有王耀上將，不驚有些意外。

「卯星的意外是我們的無心之過，請殿下原諒。」上將先是聊表歉意，接著便點明來意，「想請問殿下在失控後，究竟是如何恢復神智的？是否有人相助？」他說出最後一句話時，語氣竟透出一絲急切。

看著眼前這雙眼，令慕梵想起了另一對黑眸，他的視線掃向旁聽席，不出意外地看見了某個身形陡然僵硬的傢伙，心情瞬間好了許多。

他轉身對有王耀道：「上將閣下此話何意？難道你認為在當時的情況下，除了我自己克服失控外，還能有別人相助？在我周圍都是一群新生的情況下？」

「不，抱歉……」有王耀的眼神暗了暗，「是我冒昧了。」

「上將閣下。」威斯康校長走了過來，「想必殿下還有許多事務要準備，請讓他先行回去歇息吧。」

有王耀看了校長一眼，沒有說話，便轉身離開。威斯康笑了笑，對慕梵告辭後也先行離去。

這一幕，正好被旁聽席上的有奕巳等人看在眼裡。

「上將和校長的關係，似乎不太和睦？」伊索爾德問，「是派系紛爭？」

「不。」沈彥文苦笑，「這說來話長。關鍵是上將姓有，卻不是真的『有』。而阿克蘭家族，卻是當年萬星七將中最忠誠的守衛者。」

「還有衛家。」衛瑛加了一句。

「好吧好吧，還有衛家。本來還有謝齊兩家……嗯，閒話就不提了。」注意到衛瑛的臉色開始不太好看，沈彥文連忙轉移話題，「總之，上將閣下與校長的矛盾由來已久，不是上將不願意和好，而是校長大人至今仍不願意接納『偽星』家族。」

「偽星？」

一直發呆的有奕巳，這才參與進話題。

「就是現在的有家。」衛瑛解釋道，「他們是當年有卯兵將軍的外侄，卻在萬星滅亡後，改為有姓，甚至在這幾年取代阿克蘭家族，接手北辰防務。私底下，有很多人厭惡他們這種利用萬星血脈的做法，所以稱呼他們『偽星』。」

有奕巳關注的卻是另一點，「妳說他們接替了萬星的姓氏，那麼萬星的遺產呢？也被他們接收了？」千萬別告訴他，祖先辛苦累積的基業全落到別人手裡了，這簡直比看不到吃不到更難受啊！

「並非如此。」一個聲音插了進來，「萬星家族的遺產在百年前就已經落入帝國王室手中，由每一任王儲管理。」

慕梵走上前，欣賞著有奕巳臉上不經意流露出的驚慌失措。

「之前是我的兄長，現在則是我。」

第十七章　或躍在淵（三）

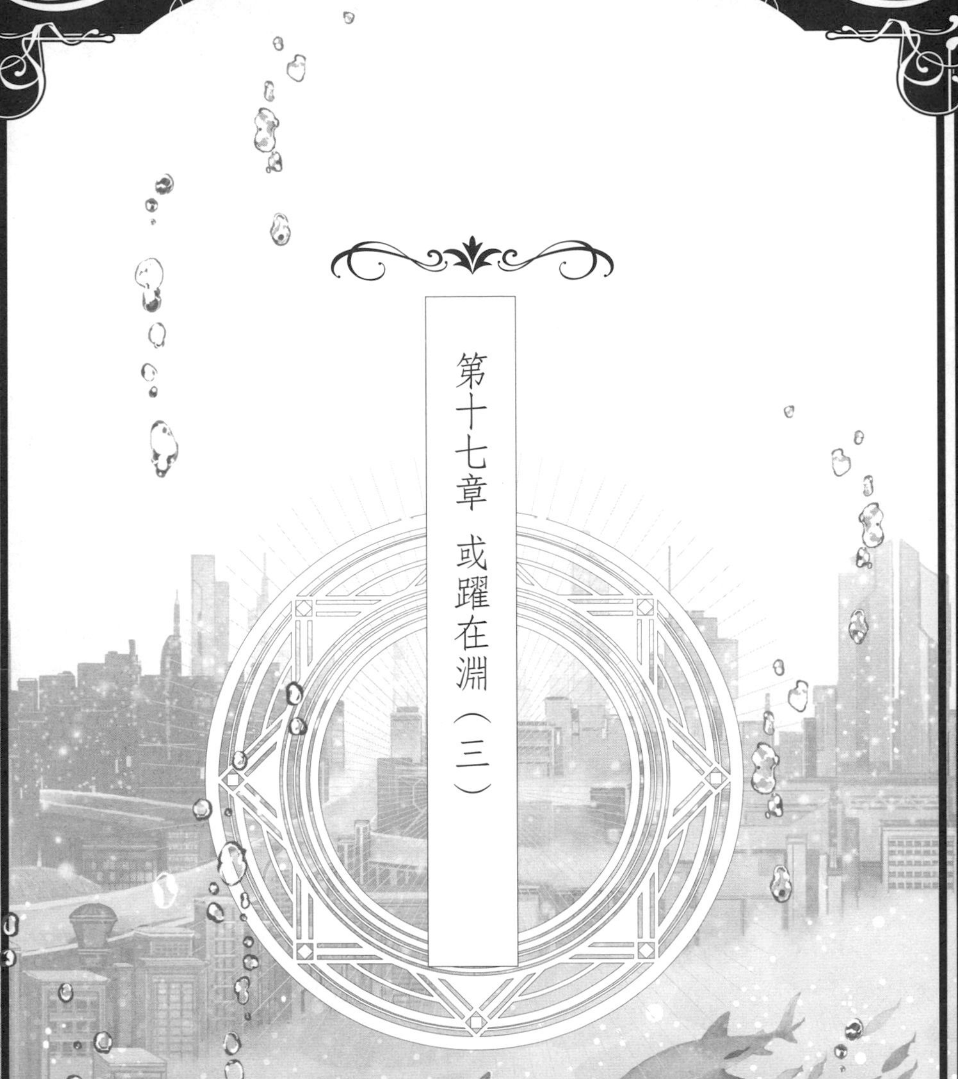

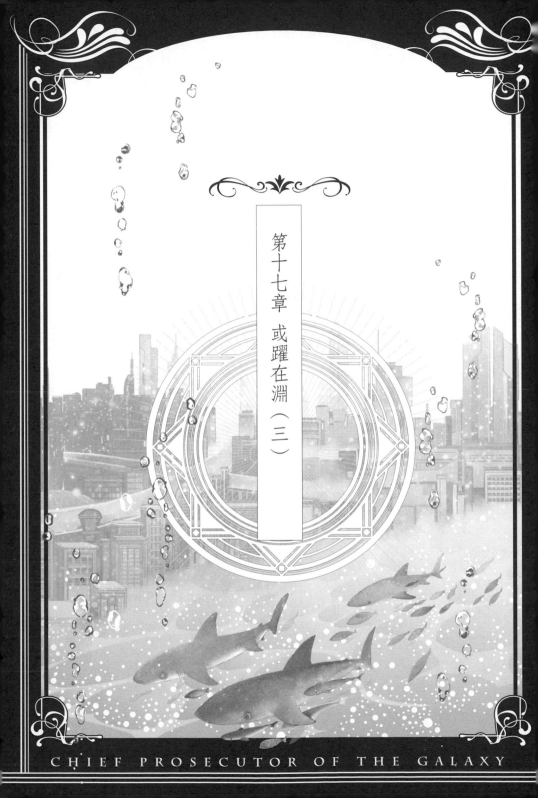

「殿下！」

「慕梵。」

伊索爾德和沈彥文幾人驚呼出聲。他們沒想到，剛才還在大廳和上將等人交談的人，竟然走到了自己面前。尤其這人還身著繁複華麗的宮廷禮服，和穿著普通校服的他們有著天壤之別。

同樣是貴族和世家出身的幾個人還好，但兩輩子都沒穿過比一頓飯錢還貴的衣服的有奕巳，眼睛簡直要瞪出火來了。如果可能，他現在就想把眼前這個炫富的傢伙扒光。

然而事實上，看到慕梵就恨不得找個洞鑽進去的人，就是他有奕巳。

有奕巳腦筋靈活，往往比許多人都先想到下一步。所以剛才聽見有王耀走上前去問話後，他幾乎是立刻反應過來內有玄機。

上將大人會懷疑慕梵的恢復是有人相助，當事人豈不是更清楚？而當時離慕梵最近的就是有奕巳，一個異能等級如此低的人，竟然能幫助鯨鯊恢復神智。慕梵要是沒有發現端倪，真是白活了兩百多年。

自己真蠢。

只知道這傢伙裝傻的時候喜歡變成小燈泡，卻沒細想他為什麼會變成小燈泡啊……

有奕巳欲哭無淚，恨不得在慕梵面前變成隱形人。他十分有理由懷疑，慕梵可能已經知道了些什麼。

至於知道了多少……

有奕巳心裡雙手合十地祈禱，希望他只是懷疑本天才天賦異稟，而不會聯想到其他方面。

細微觀察著眼前人的表情變化，慕梵將有奕巳的心理活動盡收眼底，覺得頗為有趣。此時他不急於拿捏這顆萬星，而是起了戲謔的心思。

「聽說你被北辰紀檢委帶去調查了?」

「是、是的。」

「看來沒出什麼意外。」慕梵淡淡道,「不過這樣一來,我們入學都有磨難,倒是符合你們人類常說的緣分。」

真心不希望有這種緣分。有奕巳在心裡默念一萬遍,面上撐起笑容道:

「也許是天妒英才吧。」

「……」其餘人都傻眼了。

在這種時候都不忘吹捧自己,有奕巳真是夠奇妙了。

「你好像很關心萬星家族的事?」慕梵故意問道,「很有興趣?」

「還好,畢竟是當年威名赫赫的一代世家,沒有人會不好奇吧?」一開始的失措過後,有奕巳很快鎮定下來,「倒是殿下,與其在這與我們寒暄,不需要回去準備上課的事宜嗎?我聽說守護學院開學第一個月,需要進行封閉式訓練，殿下不回去做準備？」

見到對方臉上又擺出游刃有餘的表情，慕梵有些失望，也不再有繼續戲弄的興致了。

「那就告辭，後會有期。」

直到慕梵消失在視線裡，眾人還是搞不清楚他特地過來一趟，究竟是要做什麼……

「太閒了吧。」有奕巳評價。「好了，眾議會都結束了，我們也該回去了吧？明天的課程還需要好好做準備呢。」

他這麼一說，倒是讓沈彥文想起了今天課堂上的經歷。

「對了，你們知道幫我們上異能課的是誰嗎？是薩丁耶！那個號稱『千人屠』的大海盜！」

「哈爾伯特．薩丁？他可是乾階的異能者耶，真羨慕你們！」

「伊爾，你好像沒有抓到重點……」

「我也覺得很羨慕，薩丁雖然凶名在外，但他很適合幫你們鍛鍊異能。說起來，明天開始守護學院就要封閉訓練一個月，我……」

聽著周圍三人在滔滔不絕地議論白天的事，有奕巳卻不自覺地恍神了。

北辰幕後暗中支持他的人、薩丁奇怪的言論、慕梵若有似無的暗示，這些都提醒著他，在看似平靜的湖水之下，已然暗潮洶湧了。但他該怎麼做呢？他又能做些什麼？

今天親眼目睹慕梵力壓眾人，有奕巳這才意識到自己欠缺的東西——絕對的實力與威懾他人的勢力。

沒有這兩樣，在他身處和慕梵同樣困境時，只能期待別人的幫助和施捨，而不能靠自己走出去。

真不甘心啊！

握了握放在胸口的徽章，有奕巳暗下決心。在北辰這四年，他要盡一切努力累積實力。兩項測試第一或破了學校紀錄都不夠，統統不夠！如果不能做到更多，要怎麼和那些人抗衡？

幾乎是走火入魔一般，有奕巳一路走回宿舍，連和眾人告別都有點心不在焉。簡單漱洗過後，他做的第一件事，就是拿出有銘齊留給他的徽章。

「好吧，讓我看看，這個徽章究竟藏著什麼祕密……」

有奕巳閉上眼，試著用精神力去接觸徽章。按照薩丁的提示，他用精神壓制的方法去碰觸徽章。果不其然，徽章終於在他眼前展露出暗藏的玄機。

它竟然是一臺資訊儲存器！

裡面儲存的全是書籍，從天文地理到自然科學人文薈萃，這個徽章就像星腦一樣，可以讓使用者輕鬆查看裡面儲存的資料。其中，內容最多的是各式各樣的法學和歷史書籍。它們一本本擺放在虛擬書架上，塵封已久，似乎一直在等待主人的翻閱。不經意間，掃過其中一本的書名，有奕巳赫然瞪大了眼。

《論犯罪與刑罰》作者：切薩雷・貝卡利亞

他握著徽章的手指不斷顫抖。

這是一本來自地球的書籍！他竟然在有銘齊的徽章裡，找到了一名十八世紀古義大利刑法學家的著作！

這意味著什麼？

這個世界和那個世界是相通的嗎？還是它們本就是同一個世界？還是說，這裡的人類就是地球人的後裔？

想起初次拿起徽章時，腦海中一閃而過的太陽，有奕巳克制住顫抖，緊握住徽章。萬星有家、北辰星系，和他前世的故鄉地球究竟有什麼關聯？

他一定要查清楚。

有奕已一心沉浸於書海，將時間拋之於腦後。

夜深人靜，夢神悄悄進入人們的夢中，然而即便星月已經高懸，卻仍有人難以入眠。

北辰主星，上將軍宅邸。有王耀獨自坐在桌前，面前的星腦上堆積著各種資料，還有亟待他批閱的檔案文件。從北辰軍校回來後，上將閣下就一直在書房忙碌，此刻天色微亮，依舊無法休息。

「閣下。」副官敲門進來，「這是軍部最新發下來的檔案。」

他伸手在自己隨身的星腦上點擊幾下，檔案便被傳送到有王耀的星腦螢幕上。

上將閣下一目十行讀完，眉頭深深皺起。

副官擔憂地問道：「閣下，是軍部的新改革？」

「《募兵法》將做改動，將入伍年齡下調至十八歲，並將強制入伍對象從世家子嗣擴大到所有軍校在校生。」有王耀揉了揉眉心，「這是軍部提交給立法院的最新草案。」

「十八歲？這個年齡的孩子甚至還沒完成軍校的義務教育！」副官不解道，「軍部為什麼要如此改動？」

兩百年的休養生息，無論是共和國還是帝國，民生都得到了相當程度的滋養。尤其是擅長生育的人類，兩百年已經足夠他們誕生下十幾代人。現在共和國內人口充足，除了偶爾有星盜騷擾外，並沒有戰事，因此很多人不理解軍部這次下調募兵年齡的政策。

有王耀沒有回答，而是道：「這次的募兵法還附加了一條遷移制度。新兵入伍第一年不能在本地服役，需要被調到其他地區。事後調回原籍，還要經過軍部批准。」

副官臉色一變。

事實上，北辰星系內從軍世家和軍校生是所有星系內最多的，而且一般都在本地服役。這條改革，根本就是針對北辰。

「沒有戰爭並不意味著和平。」有王耀淡淡道，「兩國太平已久，目前也沒有發生戰事的可能。北辰這柄太過鋒利的劍，在一些人眼中就顯得不太必要了。」

「他們什麼意思！難道削弱我們，對中央星系有什麼好處嗎？」副官忿忿不平道，「當年與帝國作戰時，躲在內星系畏縮不前，而等到用完我們，就狡兔死走狗烹！閣下，《募兵法》改革對北辰影響重大，一定不能被推行！請您想想辦法聯繫其他世家，說服他們一起反對這次改革！」

有王耀冷笑著道：「我拿什麼說服他們？以『偽星』的名聲、以中央星系傀儡的身分，去說動那些老頑固嗎？我這個只有名號的上將，那些人根本看不起。」

副官心痛道：「閣下，您何必這樣貶低自己，他們根本不知道你這麼做都是為了——」

「我不是為了什麼！」有王耀打斷他，有些疲倦地揉了揉太陽穴，「下去吧，我想休息一下。《募兵法》的事，過幾天我會親自去軍部商談。」

「……是。」副官默默退下，臨走前又想起什麼，道：「對了，少爺剛剛回來了，您需要見他一面嗎？」

「琰炙回來了？」有王耀上將眼神亮了一瞬，「讓他來見我。」

副官躬身離開。

不一會，一個身材高眺的青年進入房間。

來人有著與有王耀相似的短髮，但他的髮色淺到近乎於白，膚色也是極淡，襯得俊美的面孔宛若大理石雕像。這樣的容貌配上如此的髮色膚色，一眼望去，常常讓人以為是看到了墜入凡間的天使。

然而很少有人知道，這令人羨嘆的面容，對於這個年輕人來說，卻是不得不背負的詛咒。

有琰炙，有王耀上將的獨子，北辰軍校守護學院學生。

本該在今年升上四年級，卻因身體緣故休息了整整一年，不得不重讀三年級。

「你身體好些了，什麼時候回學校？」看見兒子，有王耀的面色和善了許多。

「父親。」說話的聲音也彷彿冰泉落石，有琰炙淡淡道，「我準備明天就回學校。」

「也好，只是這一屆的新生有些特殊，你要多注意一些。」

「我明白。」有琰炙點了點頭，「我會注意的。那麼，不打擾您了。」

說罷，他微微躬身。

「等等，琰炙。上次問你的事，你選好騎士契約的對象了沒有？」有王耀喊住他問。

「……」

見他沒有回答，有王耀嘆了口氣：「我並不建議你進入軍隊，更希望你能找到一名輔佐的法官或檢察官候補，明白嗎？」

「父親。」有琰炙抬起頭，因為色素極淡而有些偏向銀白的眼瞳，第一次閃耀著符合他年齡的情緒，「未來的路怎麼走，我想自己決定。夜深了，請您早點休息。」接著他不等父親再說話，便轉身離開。

只留下有王耀獨自待在書房，搖頭苦笑：「我只是不希望你後悔。」

但誰的人生沒有後悔過？對於少年來說，也許後悔與磨難，正是鍛鍊他們的一種方式。

夜色一閃而逝，天光轉白。

這被未來的人們稱呼為「命運轉折之日」的一晚，已經悄悄過去。此時對未來渾然不知的有奕巳，過了一個通宵未眠的晚上。直到天光破曉，他才趴在床上沉沉睡去。

以致於早上沈彥文來找人時，發現他的房門還牢牢關著。

「蕭奕巳？人呢？」他砰砰砰敲著門，「你要睡到幾點，還要不要上課啊！」

「小奕還沒起床？」這時候趕到的伊索爾德疑惑，「平常這時候，他早就醒了啊。」

「我也覺得很奇怪……等等，妳幹嘛啊，衛瑛！」正準備想辦法叫人的沈彥文，轉頭就見衛瑛脫了鞋，抱著窗邊的一棵樹爬上了二樓。

行動派的衛瑛道：「事有反常，可能是出了意外，我先去看看。」

「可是宿舍外有電、電……」沈彥文剛想說學生宿舍外有電擊式的防盜裝置，叫她小心，就看見窗外竄出一股藍光，觸在衛瑛身上冒出一陣黑煙。可當事人卻不當一回事，頂著黑煙甩甩手臂就翻窗進屋了。

那可是足以電死一頭犀牛的電壓啊！

「衛瑛原來是強化體質類的異能嗎？」沈彥文瞪大眼喃喃自語。

「至少我做不到。」伊索爾德默默地在旁邊附和。

兩人默默仰望被衛瑛爬過的那棵樹，不到幾分鐘後，他們聽到了她的尖叫聲。

「怎麼了？」

「出什麼事了？」

兩人正準備衝進屋內，二樓的窗戶便「啪嗒」一聲打開了。

「有事。」有奕巳黑著一張臉從窗戶探出頭來，「拜託，你們好歹也看著衛瑛，讓她不要隨便爬入黃花閨男的房間，好嗎？」

他有裸睡的習慣，早上睜開眼，就見到一名尖叫的女子，不知是他嚇到了對方還是對方嚇到了他。這種體驗，不太美妙。

有奕巳反應過來後，隨手拿了一條毛巾裹著下半身，將臉紅透的衛瑛推出房間。等自己穿戴整齊了，才再次出現在三人面前。

「下次想叫醒我，可以換個人爬窗。」

他頂著幾乎快垂到下巴的黑眼圈，看起來有不小的起床氣。

「你昨天做什麼了？」沈彥文好奇，「一整晚沒睡覺都做了什麼好事？就算你年輕氣盛，欲火旺盛，也不至於那什麼什麼一整個晚上吧……」

「是以你的智商想像不到的事。」有奕巳翻了個白眼，又對衛瑛道：「你們學院不是今天開始封閉訓練嗎？」

衛瑛的臉還紅著，點了點頭：「對，這一個月都不能再回宿舍，我是來和你們告別的，這就、就走了。」她搖搖晃晃地走出宿舍，看樣子還是有些魂不守舍。

沈彥文嘆服：「嘖嘖，你究竟對人家做了什麼啊？衛瑛那樣的性格都能被你搞得滿臉通紅……蕭奕巳，還有誰是你攻略不下的？」

有奕巳不理會他的調侃，看看上課時間要到了，隨手拿起一片麵包走出宿舍，邊走邊道：「至少偉大的亞特蘭提斯王子殿下，我就攻略不下啊。」

「是嗎？可是我覺得慕梵對你好像也非同一般啊。」

「對你也非同一般，不是嗎？有幸被他親手抱回來的人，目前只有你一個。」

「啊啊啊，不要再跟我提起這件事了……蕭奕巳，我警告你，不准提我的黑歷史！」

「可以啊，你要用什麼收買我？」

幾個人笑鬧著走到了星法學院的教學區。

「小奕哥、伊爾、彥文！」不遠處，一個熟人站在法官候補教室門口，向他們打招呼。

因為宿舍不在同區，分班後見到有奕巳的機會變少了，許多多現在變得很黏伊索爾德。今天似乎是特地在這裡等他們，而在他旁邊，還跟著當初那個不打不相識的紅髮女孩。

女孩打量著幾人，眼神中帶著毫不掩飾的好奇與天真。

「早安啊，多多。」有奕巳面無表情地推了推身旁的人，「快去跟你們家的寵物會合，不然他要被別的女生搶走了。」

「說什麼呢。」伊索爾德無奈，「我先走一步了。」

對有奕巳兩人告別，他默默走向許多多。

「伊爾！」有奕巳突然喊住他。

「怎麼了？」伊索爾德轉頭。

「沒事。」有奕巳猶豫了一下，看了看紅髮姑娘和許多多一眼，又把話吞了下去。他自己現在都有忙不完的事，哪有時間替別人操心呢？

伊索爾德像是理解了他的擔憂，微笑道：「不用擔心我們，照顧好你自己。」

「嗯。」

有奕巳收回視線，跟著沈彥文繼續往前走。

「你剛才想和伊爾說什麼啊？為什麼不直接說清楚，打什麼暗號呢！」絲毫不在狀態的沈彥文非常不解。

有奕巳看著這個天真的傢伙，心想人蠢一點似乎也不錯，至少不需要煩惱那麼多。

「……我從你的眼神裡看到鄙視了。」沈彥文皺起眉道：「快說，你們究竟有什麼瞞著我？」

「說了你也不懂，不知世事的大少爺。」

「你說什麼——」

兩人打鬧間，已經走到檢察官候補系的教室門口，卻突然被一群人攔住。攔住他們的是一群穿著黑色校服的學生，校服衣領上繡著雙金線，看樣子是二年級法官候補系的學生。

有奕巳剛注意到這點，就聽其中一人口氣不善地說道：「你們哪一個是被沃倫·哈默看上的蕭奕巳？」

攔住了有點暴躁的沈彥文，有奕巳走上前一步：「如果不加那個莫名其妙的稱號，你們要找的人就是我。」

「你就是蕭奕巳？」來人上上下下掃視他一眼，語氣輕蔑道，「你這樣的人，也妄想讓克利斯蒂學長成為你的守護騎士？」

克利斯蒂成為他的守護騎士？他怎麼不知道。

有奕巳正一頭霧水，卻聽那人繼續道：「像你這種靠著運氣才考入學第一的新生，有什麼傲慢的資格？你未免太不把其他人放在眼裡了！」

「克利斯蒂師兄首席取得騎士資格後，還沒有向任何師兄師姐表明過意向，明白嗎？一個新生就不要痴心妄想了！」

有奕巳一言不發，只聽他們你一句我一句地開始說話，大意是讓他不要因為區區入學考試第一，就妄想攀附偉大、無人可及的克利斯蒂。

面對這種狗血的劇情，有奕巳簡直無話可說了。

他想過自己在學校可能會遇到不少麻煩，卻沒想到是這種爭風吃醋的劇本。這群搞不清楚狀況就來挑釁的人，不會是被人使喚來當工具人的吧？有奕巳想了想，覺得獨樂樂不如眾樂樂，便向眾人露出一個燦爛的笑容。

「我從來沒有想過，要讓克利斯蒂師兄當我的守護騎士。」

對面幾人臉色稍緩，卻聽見有奕巳繼續道：「克利斯蒂師兄的確很優秀，北辰軍校的其他師兄師姐們也不遑多讓。不才想請教一下各位師兄師姐，守護學院除了克利斯蒂師兄以外，還有其他更優秀出色的學員嗎？」

對他這種答非所問的回應，攔路的人有些愣住了，一時間猝不及防道：「有是有，像是去年休學的前三年級首席，就與克利斯蒂師兄不相上下，不對……你問這個幹嘛？」

又來了，這種牛頭不對馬嘴的對話，但凡有奕巳這麼做，肚子裡肯定正裝著壞水。吃過一次虧的沈彥文悄悄退了一步，準備看好戲。

有奕巳微笑：「因為，既然克利斯蒂師兄不能染指，那麼我想，也許換個選擇也不錯？」

剛踏進學校大門的有琰炙狠狠地打了一個噴嚏。

「感冒了嗎，師兄？」他身旁的紅髮少年關心道。

有琰炙揉了揉鼻子，面無表情地點了點頭。

「今天的風水不利於我。」

第十八章　或躍在淵（四）

聽到有奕巳的回答，這群二年級生像是被捅了馬蜂窩的一樣炸開。

「豈有此理，你這個傲慢的傢伙！」

「簡直狂妄自大！」

有奕巳的話惹怒了眾人，更有經不起刺激的人上前抓起他的衣領。眼看一場爭端就要鬧大，教室裡的同學默默看戲，沈彥文著急地正要出手阻止，有奕巳卻在心底默默地倒數著……

三，二，一，上課鈴響。

「你們在這裡做什麼？」一個威嚴的聲音從眾人身後傳來。

只見走道上一個中年的教授，正怒目看向他們。

「這裡是一年級教室，二年級的學生不回你們教室卻堵在這裡，是想被扣學分嗎？」

「莫迪教授……」二年級生們頓時氣焰銳減。

時間剛剛好，感謝北辰的老師總是來得這麼準時。有奕巳整理了一下被弄皺的衣領，和眾人一樣乖乖站好。

「不想扣學分的話，都給我滾回教室！」莫迪呵斥道，「不要妨礙我上課！」

「可是他……」其中一個學生還想要辯解。

「學分扣一分。如果你還想順利畢業，就回去想想該怎麼補回這一分，而不是在這裡浪費時間。」冷面教授毫不手軟，其他還想說話的學生頓時沒了膽量，紛紛低頭離開。臨走前，連回頭瞪有奕巳一眼都做不到。

權力真是個好東西啊，有奕巳不禁感慨。

這時，莫迪又轉過身來瞪著他：「你為什麼要招惹那些三年級學生？」

「沒有，是那些人——」沈彥文上前想替他解釋。

有奕巳輕輕拉了他一把，低聲道：「抱歉老師，是我太大意，給您上課帶來麻煩了。」他看得出來，對這位教授來說，比起解釋直接認錯更好。

「哼，不要叫我老師，叫我教授！」莫迪教授整了整領結，走進教室。

「下不為例。」

「是的，教授。」

有奕巳和沈彥文跟在教授後面走了進去，和其他同學一樣，開始聽這位教授的自我介紹。

「莫迪．艾塞爾。你們可以稱呼我為莫迪教授，或者艾塞爾先生，但是不能直呼我的名字。」莫迪冷聲道，「學生就是學生，教授就是教授，師生之間的輩分要分清楚，明白嗎？」

「明白了，莫迪教授！」

「好。」莫迪滿意地點點頭，「想必各位也知道，這節課上的是星法理學，而我就是你們的星法理學老師。作為一名檢察官候補，你們要做的不僅是熟讀星法典，還要明白星法的價值與含意。」

站在講臺上的莫迪教授推了推眼鏡，問道：「在那之前，我要先問你們一個問題。你們為什麼要考星法學院，為什麼要考檢查官候補系？一個個輪流回答。」

「為了實現正義！」

「因為想追捕罪犯。」

「比起單純鍛鍊肉體與技巧，我覺得自己更適合星法學院。」

「嗯，我……我媽說我在星法學院混混就好，去守護學院是沒有出路的。」輪到沈彥文時，他給出了一個讓人哭笑不得的答案。本以為會得到訓斥，誰知道莫迪教授卻表揚了他。

「有自知之明，能看清自己，很好。」然後話鋒一轉，問向有奕巳，「那麼，你呢？」

被那雙犀利的眼睛盯著，有奕巳摸了摸手臂上的雞皮疙瘩，開口：

「我——」

「你覺得自己天賦異稟，適合就讀星法學院？」

「不——」

「不然就是認為其他科系不能滿足你，才想來挑戰最精英最難考的科系？」

「那——」

「那些事其實都不重要，我只想知道，你是怎麼看待檢察官這個職業的？為了正義？為了減少犯罪？或者其他？」

拜託，教授，能給他說完一句話的機會嗎！

有奕巳深吸一口氣，道：「檢察官和其他職業一樣，只是一份工作，我並不認為檢察官代表正義，也不認為憑一己之力就能降低整個星域的犯罪率。」

「繼續。」莫迪看著他。

「作為一種職業，只有檢察官和法官需要閱讀瞭解星法典。騎士只需要發揮他們的力量行使職責就好，但我們卻需要瞭解星法典的內容，不僅要知道它規定了什麼，還需要理解它為什麼這麼規定。世人常說我們是為了履行正義，但正義是什麼？它看不見也摸不到，甚至沒有一個統一的標準，那要用什麼尺度去衡量它？正因如此，星法典的存在才極為重要，法律不代表正義，卻是最靠近正義的一條途徑。」

教室的人不知不覺屏住呼吸聽他繼續說。

有奕巳道：「所以我覺得，正如要我們理解星法的含意一樣，成為一名檢察官，不是向別人貫徹自己的止義，而是在最大程度上，適度地分配正義。」

「分配正義？」莫迪頗有興趣地說道，「這就是你選擇星法學院、選擇檢察官這條路的理由？」

「不是。」有奕巳說，「一位遠古賢哲曾說過『在人類世界裡存在兩種正義，分配正義與矯正正義。』。分配正義是給人應得之得，他付出什麼，就得到什麼，這是最基礎的正義。但有時候，這個原則會被打破，這時就需要對被破壞的原則進行矯正。」

「矯正什麼？」莫迪問。

「矯正他不應得之得。」有奕巳說，「無論是犯罪違法，還是不為人知的篡逆，做出這些行為的人，都破壞了最初的分配正義，破壞了社會的公平秩序。這時就需要一個明白事理的人，去矯正這種不公平，這就是矯正正義。

「我認為檢察官和法官一樣，都是在發生不公時去實行矯正職責的人，所以比起其他人，我們更需要透徹理解星法的意義，這就是我們為什麼需要來上您的課，教授。」

莫迪嘴角微微含笑，隨即又拉了下來：「咳咳，即便你討好我，也別想因此在期末取得高分！」

「我不是討好您，我是真心這麼想。」有奕巳眨著眼睛。

莫迪教授暗暗滿意地點了點頭，看來這個蕭奕巳並不像他一開始以為的那樣驕傲自大。這讓他鬆了一口氣，要知道作為一名教授，最不想看到的就是有希望的人才，因為各種外物而迷失了自己。

「希望你記住今日所言。」莫迪對他說道，「無論你未來是否會成為一名檢察官。」

「我會的。」有奕巳深深點頭。

接著，莫迪又問了幾個人，才開始正式授課。不得不說，作為一名純理論學科的教授，莫迪教書還是很有一套的。他並沒有將課堂變成枯燥的讀書會，而是結合現實，讓學生們自己思索。

秩序、自由、正義，星法典最基本的三個價值，也是今天要探討的內容。

有了有奕巳拋磚引玉，新生們都表現得很活躍，莫迪也鼓勵他們多多發言，哪怕並不正確，只要你願意說出自己的想法就好。一節課在師生完美的交流下，不知不覺就到了尾聲。

「咳咳，今天課就上到這裡，我們下週再見。」莫迪站在講臺上宣布下課，而後又多加一句，「蕭奕巳，我對你那兩種正義的觀點很感興趣，如果有時間，我們可以繼續討論。」

「好的，教授，謝謝您！」有奕巳誠懇道。他這句感謝，更多是為了莫迪今天的解圍。

莫迪教授又望了他一眼，便收起書離開了。他一走，教室瞬間沸騰起來，好幾個人跑到有奕巳座位旁。

「你今天的表現真令人驚嘆！」

「那些理論是你從哪裡學到的？」

「我可以聽你多說一點嗎？」

「其實關於這點，我有不同的想法。」

七八個學生將有奕巳團團圍住，好像在課堂上發言還不夠盡興，一下課就想找他繼續討論。

有奕巳全盤接受，一一回答他們的問題，完全沒有不耐煩。

這個時候，之前的冷淡和隔離好像都被拋之於腦後。對於這些才十五歲的年輕人來說，一時的偏見，很快就可以透過一段時間的相處消弭。

甚至有人還為之前的行為道歉：「不好意思啊，蕭奕巳，我一開始以為你是傲慢自大的性格，一直不怎麼喜歡你。抱歉，之前你被二年級的人堵在門口的時候沒有幫你。」

「不，沒事，不瞭解我的人都會認為我很自大而氣得牙癢癢。」有奕巳緩緩道，「而瞭解我的人——」

「怎麼樣？」

「他們會想揍我。」

「哈哈哈哈！」

教室裡因為隔閡而產生的尷尬氣氛，很快就在年輕人的笑聲中被沖淡。

有奕巳不由得嘆息，年輕真好啊，不記仇不算計，做事都憑本心。無論是喜歡還是討厭你，都表露在臉上。尤其是北辰星系的這些人，大部分都沒什麼心機。

不過，有時候這樣的人也挺遲鈍的。有奕巳心想，就像早上那幾個來鬧事的二年級學生，一看就是被人利用來找麻煩的。不過，背後主使究竟為什麼要將克利斯蒂師兄和自己扯上關係？肯定不是什麼好理由。不過，等等，如果是……

有奕巳正想得出神，突然聽到有人敲了敲門。

「看起來你們這邊很熱鬧嘛。」

教室內的檢察官候補生們抬起頭，就看到一個穿白色制服的人站在門口，似笑非笑地看著他們。

注意到學生們看向自己，制服帥哥摘下訓練帽，瀟灑地行了一個騎士禮。

同時，抬頭微笑。

「早上好，我可愛的小公主們。」

聽到這句話，有奕巳一身雞皮疙瘩都掉在地上了。

究竟是哪裡來的人，可以一本正經地說出這麼羞恥的話。而且這間教室裡二十五個人中，有十七八個都是男生，誰是小公主啊，這群雄性生物一點都不小好嗎！

彷彿是注意到檢察官候補生們臉上奇怪的表情，白色制服青年帥氣地笑了笑，道：「忘了自我介紹，我是隔壁守護學院一年級的特訓教官，艾蒙。你們可以直呼我的名字。」

原來是隔壁騎士學院，不，守護學院的。只是兩院相隔那麼遠的距離，這位教官跑到他們教室做什麼？

很快就有人問道：「艾蒙教官，守護學院的一年級不是應該在封閉訓練嗎？您到這裡來有什麼事嗎？」

「對，我可憐的羔羊們正在進行一場非常艱苦、需要強大意志力的訓練，我就是為此而來的。」艾蒙教官眨了眨他那雙好看的綠色眼睛，露出一對酒窩，「我特地來邀請你們去參觀守護學院的訓練。」

什麼？

很多人都懷疑起有沒有聽錯，就聽見這位教官繼續道：「事實上，對於要接受刻苦訓練的新生們來說，沒有什麼是比來自隔壁學院的天使們更好的慰問了。而且作為星法學院的學生，你們也很想瞭解這一屆的騎士候選們吧？」他輕佻地眨著眼道，「難道各位不想看看，未來可能成為你們未來騎士的傢伙，在陽光下揮灑熱血的模樣嗎？」

檢察官候補們一時被他說得有些心動。

「可是……我們還要上課。」

「完全沒有問題！」艾蒙教官一個響指，「芙羅拉教授，你的學生們已經答應了，我可以把他們帶過去了吧？」

學生們齊齊向他身後看去，這才注意到在他後面，還站著一位身材矮小的年輕教授。

檢察官候補生系的法制史教授芙羅拉推了推眼鏡，無奈道：「你要確保把他們平安無事地帶回來。」

「放心！我的那群小羔羊能控制住自己，不會把公主們吞吃下肚的……嗯，至少不會一開始就這麼做。」

聞言，芙羅拉撫額道：「……我還是跟你們一起去吧。」

於是，檢查官候補系的新生們的上午第二節課，由法制史變成了參觀守護學院訓練。

對此，有奕巳只想說，北辰軍校的授課方式實在太任性了。

新生們各個一臉期待，有奕巳卻不怎麼感興趣。

「喂，你就不好奇嗎？」沈彥文用手肘撞了撞他，「平時我們都不能去守護學院，這次可以去看他們訓練耶，訓練！」

「其實，我不是很想去。」有奕巳嘆氣道，「比起看一群人流汗，我更願意待在陰涼的教室裡。」

「聽你這麼說，那群小羔羊們可要傷心了。」艾蒙教官不知從哪裡鑽了出來，「他們最期待看到的，就是傳說中用謀略打敗一整屆考生的公主殿下。」

「艾蒙教官，能不能不要再用那個稱呼我了？」有奕巳黑著臉道。

「叫我艾蒙就可以了。」頂著他那張英俊的臉，艾蒙笑道：「為什麼不喜歡這個稱呼？你遲早也要挑選自己的守護騎士，不是嗎？也許是一個，也許是一群，作為被騎士侍奉和守護的對象，稱你們為『公主』有什麼不對？哦，這種浪漫而優雅的稱呼，簡直像一柄利劍狠狠刺進了我的心臟。」

他詠嘆一般對著天空道：「想想有這樣一位高貴而冷漠的公主殿下，願意低下尊貴的頭顱看我一眼，我可以為他奉獻出我的熱血和生命。」

有奕巳無語。不僅是教授，北辰的所有教職人員腦子都不太正常吧。

「不是奉獻給我們，而是奉獻給星法典。」與他們同行的芙羅拉教授似乎是少數的正常人之一，「而且我們需要的不是騎士們的生命，而是你們的忠誠。」

「又來了，芙羅拉，你總是這麼冷漠。把忠誠和生命都獻給所選之人，不就是騎士的義務嗎？」

艾蒙正說著，突然大步走到前面，替星法學院的教授和學生拉開了一道厚重的鐵門。

「歡迎來到騎士的世界。」

他紳士地彎腰，接著又轉過身對門的那邊大聲道：「都給我動起來，笨蛋們！要是被公主殿下嫌棄你們不夠賣力，以後就別想找到契約對象了！」

隨著他的怒吼，裡面傳來一陣哄笑，粗獷而豪邁，帶著年輕人的熱血撲面而來。

星法學院的學生們忍不住好奇，探頭向裡面張望。

「請注意腳下。」艾蒙道，「前面是訓練區，跟著我走會比較安全。」

有奕巳一行人跟在黑衣教官身後，踏入了傳說中的守護學院特訓區。說是訓練區，面積大概有三四個足球場大，且分割成三個部分。地上鋪著人工草皮，空氣裡瀰漫著汗水味，乍看之下和普通學校的體育場沒有什麼不同。然而，時不時能聽見的爆炸聲，就能知道平靜只是假象。

有奕巳剛跨過大門，就看見一名不慎恍神的學員被埋伏在草皮下的陷阱炸上天空，落地時已成一團焦黑；更不幸的，是他落地的位置旁邊還有另一名正在訓練的學員，為了避免被殃及池魚，這位學員身手敏捷地躲過空中飛人，還順手撈了人一把。但不是撈上岸，而是推向身後的埋伏區。

砰——砰——！

伴隨著兩聲炸響，逃離狼穴又入虎口的可憐學員，再次重重摔入一個大坑。旁觀者不由得為他捏了一把冷汗，可是沒過幾秒，就看到一個黑炭甩了甩腦袋從洞裡鑽出，對他們露出一口白牙微笑，整個人彷彿沒事一樣。

檢察官候補生們心想，守護學院的學生都是鐵打的嗎？

而事故的始作俑者，卻輕鬆地完成訓練任務，成功逃出危險區，停在眾人身前。

他離得極近，幾乎所有人都看見了他臉上微微滲出的汗水，還有伴隨他落地時所感受到的沉重氣勢。彷彿不是一個人，而是一隻凶猛的巨獸站在面前。

事實上，他的確不是人類。

逆著陽光，有奕巳看不到那雙熟悉的眼眸，卻能看見那頭格外明亮的銀色長髮。

對方同樣看到了他，戲謔地打招呼道：「早安，公主殿下。」

慕梵，這位剛剛得入學資格的王子殿下，顯然也是特訓成員中的一位。

頂著周圍詫異的視線，有奕巳的目光在他比女士還柔順的長髮上滑過：

「早安，未來的『女王』陛下。」他那兩個字咬得極輕，只有彼此能聽見。

兩人對視，目光中彷彿有無形的電流閃過。

「慕梵，你可以不用繼續訓練了。」這時艾蒙揮手道，「幫我看著A組的學員，順便幫他們打分。」

慕梵似乎不太樂意：「我也是學生。」

「你的實力在這裡只會引起失衡，如果你想訓練的話——」艾蒙咧嘴一笑，「明天我把你帶到四年級的場地，讓他們好好陪你玩一玩。現在，做事，這是教官的命令。」

很多人都驚訝於艾蒙敢如此跟慕梵說話，而讓他們更震驚的，是慕梵竟然乖乖聽話，跑去當助手了。

「這位王子殿下好像也沒有那麼傲慢。」有人感嘆道，「蕭奕巳，你當時不是和他同隊嗎?他為人如何?」

「殿下的為人非常不——」有奕巳拖長尾音，注意到前方行走的身影放慢了腳步，笑了笑才道，「不一般。」

豈止是不一般，簡直就是非同一般！有奕巳心裡有一萬句話想吐槽，最後還是只能咽了下去。

前方，慕梵繼續邁出腳步，嘴角揚起一道細微的弧度。

檢察官候補們在艾蒙的帶領下，在安全區觀看守護學院的訓練。伴隨著時不時的炸響和怒斥，訓練場上一片熱鬧。似乎是因為他們的到來，這群守護學院的新生訓練得更為賣力。

有奕巳在人群中看到了衛瑛，身為女孩子，訓練起來卻比任何人都能吃苦，讓他不得不感到佩服。

「對了，我怎麼好像沒看到沃倫．哈默？」沈彥文四處張望著。

「你找他做什麼？」有奕巳問。

「我不是替你著想嗎！他好歹也是向你申請過騎士契約的人，雖然被否決了，但以後也不是沒有可能。如果他未來成為你的人，在此之前一定要好好考察才行。」

這種求婚並締結誓約的既視感是怎麼回事？守護騎士和契約者的關係怎麼那麼令人遐想呢？有奕巳告誡自己，冷靜點，一定是自己想多了。

「你們在找沃倫？」艾蒙走了過來，「他去接人了。」

「接人？」

「今天有一位學生返校，正好其他教官都有事，我就讓他先把人接到這裡來。嘿，說曹操曹操就到，你們看，人來了。」

隨著艾蒙所指的方向，幾人回頭看去。他們先是看到沃倫顯眼的紅髮，然後才看到走在他身邊、表情冷漠猶如畫裡走出來的美人。一頭淺淡似白的金髮，在陽光下好像閃耀著光輝。回過頭的幾人，嘴裡都發出了小聲的驚呼。

「不是吧，怎麼會是他！」沈彥文反應最大，他幾乎立刻躲到有奕巳身後，「那個傢伙竟然回來了！完了完了，我死定了！」

「你認識他？」有奕巳好笑道，「說吧，哪裡得罪別人了？」

「不是我的錯，明明是他自己不好。看看那張臉，你見過比他更完美的人嗎？這也不能怪我小時候把他當成女生吧！他現在肯定還記著仇呢！」沈彥文抱怨道。

「小時候？你們以前認識，他也是世家後裔？」有奕巳問。

「不會吧，你連他都不認識？」沈彥文忍不住道，「北辰鼎鼎大名的『雙星』之一，你都不知道？」

「我是外星系來的鄉巴佬嘛，的確不知道。雙星？那另一顆星是誰？」

有奕巳正笑著問沈彥文，沃倫和那不知名的青年已經走到了他們面前。

「啟明星，前一任高級檢察官，有銘齊。」

那雙色素極淡的眼睛朝有奕巳看了過來。

「同時，也是我的父親。」

第十九章　或躍在淵（五）

CHIEF PROSECUTOR OF THE GALAXY

啟明星。

這是當年，有銘齊的身分剛被暴露時，歡呼雀躍的北辰民眾給予他的稱號。暗喻著他是黑夜將逝的啟明星，給人們帶來了希望。

而有琰炙誕生時，因為史無前例的八級異能天賦，以及與生俱來的異樣容貌，也引起了一陣轟動。對於這個擁有極大天賦、身體又極其脆弱的孩子，人們幾乎束手無策，不知該喜還是該悲。甚至有人私下說，這是偽星家族竊取了萬星的榮耀，因此神明降下了懲罰。

有琰炙帶著強大的天賦出生，卻同時有著脆弱的體質，還被預言活不過三歲。

這時，身為萬星正統繼承人的有銘齊，卻格外憐愛這個孩子。

「這孩子帶來了希望，他的光芒比落日餘暉還要美麗。除了星法典，我不信仰任何神明，因此沒有任何神可以從我手裡奪走他的性命。」有銘齊認可了有琰炙的身分，並收他作為養子。這件事，在當年也是一件軼聞。

從那時起，「長庚星」的名號就被放在了有琰炙頭上，而他的表現也從未辜負這個稱號。曾被預言早夭的嬰兒，活過了五歲、十歲、十五歲，直到現在成為值得整個北辰驕傲的天才。

然而當年給予他認同的那個男人，卻沒能參加有琰炙的三歲生日。有銘齊在有琰炙三歲生日前夕因公殉職，世人所惋惜的星辰，宛如一顆流星般一閃而逝。

啟明星已經墜落，長庚星卻還在。

現在這剩下的雙星之一，就站在有奕巳身前，對他說著：我是有銘齊的兒子。

然後在有奕巳靈魂出竅之際，看都不看他一眼，轉身和艾蒙對話。

「一〇一七屆守護學院學生，預備騎士有琰炙，前來報到。」

「很好，很好，來了就好！」艾蒙笑呵呵地勾著他的肩膀，把人帶到一邊問話。

「怎麼樣，身體恢復了嗎？」

有奕巳化作一塊石頭，愣愣地看著兩人漸漸走遠。

「是養子啦。」沈彥文從背後冒出頭來，「你是不是也被嚇到了，我當時也真的以為他是有銘齊的兒子呢。」

「養、養子？」

「對，聽說當年怕有琰炙夭折，所以上將閣下將他過繼給有銘齊，可是誰知道，真正的萬星不過閃耀了幾年就墜落了呢。」沈彥文嘆息，「說起來，這個名字還是有銘齊檢察官替他取的呢。」

原來不是真的兒子啊。有奕巳鬆了口氣，不是就好，他差點以為自己要多出一個兄長，準備上演兄弟爭遺產的戲碼呢。話雖如此，聽沈彥文講到當年有銘齊多麼關愛這位養子，他心裡就有些難受。

他上輩子親緣淡薄，這一世也沒能見到父母。本以為自己註定是天煞孤星，卻突然聽到親生父親竟然還有一位頗為寵愛的養子。

「聽說直到三歲前，一直都是有銘齊檢察官親自教導有琰炙呢。」沈彥文羨慕道，「真好，我也好想和一位萬星近距離接觸啊。哪怕是魔鬼訓練，我也能熬得過來。」

有奕巳聽著十分不爽，笑看著他：「放心吧，會有這麼一天的。」

他的目光盯得沈彥文後背發涼。

接著他的話題又轉到了有琰炙身上：「你說他是上將獨子，為什麼我覺得他長得和上將不太像……上將夫人呢？」

「這個……」沈彥文面露尷尬，「上將沒有結婚，有琰炙是突然抱回來的，所以外界一直傳聞他是……」

「私生子。」

被議論的話題人物不知什麼時候又走了回來。

沈彥文嚇得驚叫一聲，躲到有奕巳身後。被當事人發現自己在背後議論他，就連有奕巳也有些尷尬。

「抱歉，是我太過好奇了。」

「沒什麼。」有琰炙淡淡道，「無論是私生子還是養子，我並不介意身分。但是——」他話鋒一轉，「雙星的稱號，以及現在擁有的姓氏……既然父親將它們交給我，不讓這份名譽被玷汙，才是一個合格的繼承者該做的。」

有奕巳總覺得他話中有話，正準備追問時，有琰炙又跟一朵雲一樣飄走了。好像他之前特地過來，就只是為了說這幾句話。

有奕巳心想，總覺得對方好像不太喜歡自己。

而離開他們的有琰炙，又回去找艾蒙。

「教官，休學一年，為了找回狀態，我申請和一年級一起參加測試。」

「……你實力比他們高出太多，不太好安排啊。」

「我記得亞特蘭提斯的王子殿下也在這裡，可以讓他當我的對手。還是您認為他也不合適？」

旁邊聽到的人齊齊倒吸了一口涼氣，這簡直是當眾挑釁慕梵。

艾蒙眼前一亮：「他現在也很閒呢，我去問問！哈哈，你等著！」

教官是想看熱鬧嗎？

在周圍檢察官候補生們詫異的目光下，慕梵很快被叫了過來。

「模擬對戰？」王子殿下的視線投向有琰炙，在他特殊的髮色和蒼白的膚色上停留了幾秒。

「我認識你，北辰的長庚星。」

有琰炙面無表情道：「這裡是學院，請喊我師兄，慕梵師弟。」

「……師兄。」

第一次見到慕梵吃虧，有奕巳心裡偷偷開心了一下，看來在有琰炙面前吃虧的，不只自己一個啊。

「可是我記得，師兄身體狀況似乎不太好。」慕梵顯然也不是吃素的，「和我對戰，沒有問題嗎？」

「放心，我身體不好，但我的異能很好。」有琰炙道，「難道你不想試試，和一位即將升為乾階的異能者對戰？除了我，學校裡乾階異能的導師們都不會和學員交手。」

他這句話一出，全場立刻驚呼出聲。

星月日乾坤。

前九級星月日三階和後面乾坤兩階，簡直是天地之差。邁入後者，才是真正進入了傳說中的武者級別。比方說，前者只是將個人武力提升到極致的話，那麼乾坤兩階的異能者就是可以以一敵眾，甚至以一人之力影響整個戰局。

這樣的強者，在整個共和國都寥寥無幾。這也是為什麼當年薩丁在外面逍遙了那麼久，都沒有人能讓他伏法。能制伏他的人，又不會為了一個星盜輕易出馬。然而即便是薩丁，也是在三十五歲時因緣巧合下才突破的。

可以想見，不到十八歲的年齡，有琰炙卻即將突破乾階，這是多麼驚人的消息！

「你快升階了？」同樣異能九級的艾蒙羨慕道。

對於眾人的驚嘆豔羨，有琰炙淡然地點了點頭，「我說過，在十八歲生日之前，一定會升到乾階。」他的眼神柔軟了一瞬，「我可以做到。」

那模樣，就像是在懷念與某個重要的人的誓約。有奕巳看得心裡悶悶的，莫名地有些難受。

「既然這樣，與慕梵對戰就完全不是問題了。」艾蒙興奮地說道，「慕梵，你願意嗎？」

慕梵收起了漫不經心的表情，鄭重地點了點頭。

但艾蒙仍不放心道：「對戰可以，但你千萬不能一激動就變身，明白嗎？」

人型的慕梵，一般異能者還有一戰之力；而變身為鯨鯊狀態的王子殿下，除了傳說中的坤階異能者，怕是沒有人對付得了。鯨鯊，簡直就是亞特蘭提斯的核武器，能讓這個核武器待在校園內，北辰軍校也著實大膽。

「請放心，教官。在沒有磁場的影響下，我可以控制自己。」說著，慕梵的眼神往人群裡瞟了一眼。

即便控制不住，這裡還有一位可以幫他。

要是因為這件事，讓有奕巳曝光了自己的身分，那就有趣了。要不要故意漏出破綻，讓那傢伙為難一次呢？慕梵正壞心眼地想著，有琰炙卻上前一步，擋住了他的視線。

「如果有萬一，我會在變身之前解決你。」有琰炙冷冷道，「師弟不用擔心。」

「……」

這一刻，慕梵體會到了和有奕巳一樣的無力感。

有琰炙這個人，行事總是出乎意料，該說是傲慢還是太直接呢？但更讓人意外的是，慕梵並不像討厭其他有家人一樣討厭這個傢伙。

為什麼？王子殿下摘下自己的手套，心想，也許是因為現在自己已經有了更重要的獵物了吧。

「艾蒙教官，可以開始對戰了嗎？」

在場所有人都聽見慕梵輕聲問。在他面前，有琰炙也已經蓄勢待發。

「當然可以。」

艾蒙高高抬起手臂，猛然揮下。

「對戰，開始！」

「法官與檢察官的區別，在於職能的劃分。作為審判者，法官要站在中立的立場上，而檢察官和檢察機關作為行使追訴職能……今天的課就到這裡。」

講臺上的教授終於結束了漫長的演講。

「回去好好複習，下次上課我要隨堂測驗。下週見。」

「下週見，教授。」

學生們起身和教授告別，伊索爾德坐下來後，揉了揉有些頭疼的太陽穴。

作為一名信仰海神的亞特蘭提斯人，突然讓他接受一套新的體系，的確有些困難。

「伊爾！」

隔壁法官候補二班的許多多，帶著他的跟班跑了過來。

「下課了，我們一起吃午餐吧！可以叫小奕哥一起嗎？」

伊索爾德眼神複雜地看了他和他身邊的紅髮女孩一眼，「我想，小奕他們的課程比我們更重，午休還是不要打擾他吧。」

「是、是嗎？我母親最近要帶點土產來看望我，我還想問問小奕哥喜歡吃什麼呢……那我就等休息日再去找他吧。」許多多有些失望地垂下頭。

伊索爾德嘆了口氣，上前揉了揉他的頭髮。

「如果是這件事，你可以直接和他說。你不是有他的通訊號碼嗎？回去聯繫他吧。我們先去吃飯。」

他站起身，帶著人往外走。

被他鼓勵的許多多又打起精神，跟著他一路嘀嘀咕咕說著自己今天學到的知識。而他身邊的紅髮女孩——黛爾，則是興致勃勃地跟在他們身後。

伊索爾德看了她一眼，並沒有多說什麼。

「咦，為什麼有很多人往那邊走？」

一出教學樓的門，幾個人就看到人潮奇怪的動向。不是往食堂或宿舍，而是朝另一個方向。

黛爾首先發現了這一點。

「那是去守護學院的路吧，發生什麼事了？」

「你們不知道？」有路過的好心人提醒他們，「琰炙師兄回來了！現在正在跟亞特蘭提斯的慕梵模擬對戰呢！」

模擬對戰？

伊索爾德幾人互看了一眼，他們雖然不知道有琰炙是誰，但有能力與慕梵對戰的人，絕對不容小覷。

「去看看吧？」他問。

另外兩人都沒意見，於是剛下課的三人組，也就隨著人潮向守護學院前進。

等到他們來到守護學院門口，才知道這次的對戰究竟吸引了多少人。

北辰軍校一屆只招收兩百名左右的新生，而看著路上黑壓壓的人頭，最起碼有三五百人。看來，除了正在上課的和忙於實習的四年級生，全校有空閒的學生都到了。

「星法學院的學員們請往這邊走，這裡有特地為你們開闢的特殊通道。」

「守護學院的退後一步，不要擠著師弟師妹們！」

「就是你，擋在路中間幹什麼？什麼，你是法官候補系的？不好意思，親愛的，我眼拙，你先進去吧。走慢一點，別跌倒了。」

在特訓區門口，伊索爾德再次見證了北辰兩個學院間的差異。星法學院的學生無論男女，都被捧在手裡當寶貝呵護；守護學院的人，則被他們的師兄師姐呵斥著去維持秩序。

這之間的差別對待，只能用心酸來形容。

等到伊索爾德他們排隊走到訓練場門口時，才看清在門邊維持秩序的人——沃倫．哈默。這個出身高貴的世家子弟，現在把訓練服綁在腰上，頂著一頭汗水在維護進場秩序。高貴的身世、優雅的氣質，此時全成了泡影，他現在看起來就像是菜市場賣菜的阿伯。

「伊爾？」看見伊索爾德後，沃倫眼前一亮，「好久不見啊，親愛的。在星法學院過得怎麼樣？」

「謝謝，我想我們沒那麼親近。」伊索爾德冷淡道。

沃倫失笑：「我就喜歡你不願意理我的樣子。唉，要不是有蕭奕巳，我一定會申請做你的守護騎士。」說著，他還對伊索爾德眨了眨眼。

「可以讓我們進去了嗎？」

「請進。」沃倫紳士地說道，「裡面不是很安全，請注意照顧好自己。

後面兩位也是一起的嗎？」

許多多點點頭，「嗯，我們可以進去嗎？」

「當然可以。」

看見黛爾時，沃倫微微提起嘴角。

「請進，女士。」

紅髮女孩有些緊張地走著，一直低著頭不敢看他。直到通過入口，沃倫都沒有再看她一眼，這讓她鬆了一口氣。也是，那種天之驕子，又怎麼會記得自己這個無名之輩呢？

黛爾悄悄握緊雙手，指甲都嵌進手掌心裡。

「啊，我看到小奕哥了！」直到聽見許多多興奮的聲音，她才從內心的壓抑中回過神來。蕭奕巳？順著許多多手指的方向，黛爾看到了那個黑髮的少年。即便站在一群檢察官候補學生中，他依舊那麼醒目。

「伊爾？多多？」有奕巳也看到了他們，笑道，「你們來的正是時候，現在——」

他話還沒說完，訓練場上突然傳出劇烈的轟隆聲，連地面都開始震動起來。

「保護現場安全！」

艾蒙大喝一聲，在場守護學院的學生們便紛紛站到星法學院學生附近，各自展開自己的保護場，以免他們受到傷害。

「小心一點！」

有奕巳聽到熟悉的聲音，回頭看去，注意到保護他們的這些人中就有衛瑛。穿著訓練服，讓她看上去更加英姿勃勃。

「他們兩個的力量展開後，影響範圍太大了。」衛瑛皺眉，向前方看去，

「再這樣下去，訓練場都要被摧毀了。」

有奕巳也順著她的視線，看向灰塵瀰漫的訓練場中央。只見剛才還平整的訓練場，現在已經傷痕累累，地面起伏不平，就連用星艦材料製作的屋頂，此時也有搖搖欲墜的趨勢。

尤其訓練場中央的一個巨大深坑，十分引人注目。半晌，深坑邊緣的泥土嘩啦啦地往下墜落，一隻手臂突然伸了出來，用力抓住邊緣，借著使力，坑底的人一躍而上。

慕梵拍了拍身上的灰土，看向對面的人。

「乾階的實力，果然不同凡響。」

他身上的訓練服不知什麼時候脫去了，裸露的身軀上肌肉起伏。一路蜿

蜒在肌膚上的銀色斑紋，帶著詭異而神祕的美感，尤其吸引視線。

「不夠。」

場地中間突然颳起一陣風，一個高挑的身影走出漫天塵埃，正是有琰炙。

他身上附著著一層風系異能，連一片灰土都沒沾到。被風吹過的白金色短髮，依舊明亮如初。

「這還不是乾階異能的水準。如果是的話，我就不會敗在你手裡。」他的眼神低沉，說話時顯然很不甘心。

慕梵笑了笑，站起身，銀色斑紋逐漸黯淡褪去。

「僥倖而已。」

有琰炙平淡地看了他一眼，不再說話。

而在他們兩人之外，很多人看得不是很明白。

「怎麼回事？我看他們之間一直不分勝負，為什麼琰炙師兄突然就說自己輸了？」

「剛才他不是把慕梵砸進地面了嗎？而且兩個人都毫髮無傷啊。」

「不，是琰炙師兄的體力不夠了。」一名守護學院的學生注意到有琰炙異常蒼白的臉色，「師兄的異能雖然強悍，但他的身體卻不能夠讓他一直堅持下去。但你看慕梵，到現在還是游刃有餘，再打下去，師兄肯定會輸。」

其餘人聽見了，也只能深深地嘆了口氣。

有琰炙雖然天賦卓絕，但是脆弱的體質一直是無法克服的弱點。就這樣敗給慕梵，讓他們覺得十分不甘心。

如果有琰炙身體沒有那些隱患該有多好……有無數人曾在心裡這麼想過。

「不。」當事人卻走了過來，「技不如人，沒有別的理由。」

他似乎很不喜歡拿自己的身體當藉口。在有琰炙看來，既然擁有別人望不可及的天賦，那麼與之而來的疾病也是他本該承受的。

逃避和自暴自棄，那是儒夫的做法。

「教官。」有琰炙對艾蒙道，「我覺得以慕梵的能力，待在一年級訓練已經不太適合。」

「呵呵，你要親自教導他嗎？」

「不，我會和克利斯蒂一起，為師弟量身定制適合他的訓練方式。」有琰炙道，「在不讓他變身的前提下，充分挖掘他的潛能。」

「……」慕梵心想，這種打贏了卻被人坑的感覺，究竟怎麼回事？

不論是萬星還是偽星，有家人都是這種彆扭的性格嗎？他下意識地在人群中搜尋有奕巳，卻注意到那人一直盯著有琰炙。這讓王子殿下本來不愉快的心情，變得更加不滿了。

艾蒙還想多說兩句，卻突然聽見學生的吶喊。

「不好了，教官，屋頂要塌了！」

所有人抬頭看去，只見訓練場的頂棚輕輕搖動，一根主梁發出吱呀聲，似乎下一秒就要斷裂。

艾蒙立即大喊：「快跑！」

他一手抓起最近的一個學生，向出口跑去。其他守護學院的學生也依樣畫葫蘆，抓起一個個星法學院學生就開始逃跑。

就在他們逃跑沒幾分鐘，一聲重響傳來，天頂不堪重負，重重砸落在地。

一場出乎意料的對戰，在同樣出乎意料的結局中結束。

第二十章　烽煙再起（一）

面對突如其來的意外，很多星法學院的學生都沒反應過來。其中也包括有奕巳，要不是有人及時拉了他一把，恐怕他就要被埋在訓練場裡了。

「謝謝。」

逃出生天後，他向救自己出來的人道謝。

雖然對方拽著衣領將人提出來的姿勢讓他不太舒服，但感謝還是必要的。

「順手而已。」

一道清冷的聲音從頭頂傳來。

有奕巳這才發現，拉著自己衣領的人，竟然是有琰炙。

有琰炙鬆開手，打量他。

「蕭奕巳？」

「……是。」

「呵。」

對方冷笑了一聲，不說話就這麼看著他。有奕巳被看得汗毛直豎，這位師兄是什麼意思？

「如果沒事的話……」他正想要找個理由先走。

「聽說你和慕梵還有哈默家的小兒子走得很近？」有琰炙突然問道。

被眼神如此銳利的人盯著，有奕巳渾身都不舒坦了。

「我和慕梵……殿下，只是湊巧分在同隊，所以一起參加考試而已。至於沃倫．哈默，我也不知道他是怎麼想的。」

嗯，不對。有奕巳想起了考試時，自己敲詐沃倫的那幾筆，難道那傢伙是為了報復自己，才傳出那種謠言的？這麼一想，他幾乎肯定了。說不定傳出克利斯蒂與自己謠言的，也是那個狡猾的傢伙。

有奕巳氣得牙癢癢，沃倫．哈默這個老奸巨猾的臭狐狸！

雖然自己之前用藍石敲詐了人家那麼多，似乎也無辜不到哪裡去。

有琰炙盯著有奕巳看了好一會，沒在他臉上發現說謊的端倪，才收回視線。

「你下午還有課吧，先回去吧！咳咳咳……」話沒說完，有琰炙劇烈咳嗽起來，好似隨時都會暈倒。

有奕巳嚇了一跳，連忙上前扶住他。

「你沒事吧？」

「別扶我。」有琰炙一把甩開他的手，臉色難看，「我還不至於因為這點事要人同情。」他說著，詭異的銀白色瞳孔看著有奕巳，「誰都可以把我看成是個病秧子，只有你不行。」

他的眼神中有一種詭異的執著，有奕巳不禁後退了一步。可他剛退開，有琰炙又劇烈咳嗽起來，令人覺得下一秒就會倒下。

「呵呵呵……」有琰炙雖然臉色蒼白，卻自己笑了起來，「你說，這真的是詛咒嗎？」側臉被遮住一半，他冷冷地道，「給了我世人難以匹敵的天賦，卻又給我這樣的身軀……你覺得老天爺，究竟想要我做什麼？」

他抬起頭來，劉海遮掩下，亮得發光的銀眸直盯著有奕巳。

「長庚星？說好聽點，是雙星。事實上，也只是一顆只在天降夜幕時才會出現的星辰，又能閃耀多久？」說完，他自嘲地笑了起來。

「師兄見過長庚星嗎？」

「什麼？」有琰炙抬頭看向對面的人。

有奕巳問：「師兄見過長庚星嗎？北辰星系裡有這顆星辰嗎？」

「沒有，只在一些異傳裡提到過。」

「是嗎？」有奕巳鬆了口氣，不知是失望還是早就該料到。「那麼師兄應該也不知道……其實無論是長庚星還是啟明星，它們都是同一個星辰。它在太陽落山之後才落下，又在太陽升起前就點亮星空，所以凌晨時，它被稱為啟明星；到了傍晚，人們就稱呼他長庚星。長庚，即便沒有太陽耀眼，卻比太陽閃耀得更久。師兄怎麼能說這是曇花一現呢？」

有奕巳說完，靜靜觀察著眼前人的表情。他不指望自己能開導有琰炙，但只要能對對方起到一點作用就夠了。

有琰炙閉上眼，似乎思考了許久，才在有奕巳的期待下緩緩開口。

「太陽是什麼？」

有奕巳心想，差點忘了這點！

「是一顆恆星。」有奕巳連忙道，「對於生活在星球上的生命來說，是離不開的星辰。」

「恆星……」有琰炙喃喃道，「天上所有星辰的光芒都來自於它。」他說完這句話，再次看向有奕巳的眼神變了些，不再那麼鋒利，倒顯得有些溫柔。

被一個大美人這麼看著，有奕巳一時有些招架不住。

「那我就不打擾師兄了，先走一步。」他說完這句話，就想立刻離開。

「你的東西不要了？」

東西？有奕巳下意識摸了胸口，掉了什麼東西嗎？他轉過身，看見有琰炙手裡握著的事物時，嚇得心都涼了一截。

「那是——」他懊惱不已，這麼重要的事物，怎麼幾天之內連丟兩次呢！

「對你來說很重要的東西嗎？」有琰炙把玩著手裡的徽章，眸光流轉。

「是的，相當重要。」

「那就收好。」

有琰炙將徽章拋了過去，有奕巳連忙接住。他再抬頭去望時，這位天資聰穎、性格莫測的師兄，已經轉身離開。

只是邊走還不忘告誡有奕巳。

「離慕梵遠一點。」

他幾次三番這麼說，有奕巳忍不住多嘴。

「為什麼？」

「八字不合。」

留下這句話，有琰炙離開了，徒留有奕巳一人，迷茫不已。

八字……不合？他竟然還懂易學？

而且一般不是只有要結婚時，才會合八字嗎？有奕巳越想越覺得頭痛，索性截斷思緒，回去找伊索爾德等人。

今天發生太多事了，他得回去好好整理一下思緒。然而天不從人願，在快走到學院門口時，有奕巳又遇見了另一個不想看到的人——

慕梵。

不過，他身邊圍了一群人，從制服顏色來看，應該是兩個學院的學生都有。看樣子經過對戰後，慕梵在學校的人氣反而高漲了。慕梵依舊一副既不疏離、也不親近的表情，讓那些心懷仰慕的學生也不敢太放肆。

有奕巳心裡嗤之以鼻，一個兩百多歲還來裝學生的傢伙，臉皮可真厚啊。他似乎完全忘了，自己也不是貨真價實的少年……

這邊有奕巳低著頭想避開慕梵，那邊的人卻不讓他如願。

「蕭……奕巳！」

不知是不是錯覺，慕梵喊他名字的時候，好像特地在姓氏上加了重音。

有奕巳僵硬地轉頭，只見王子殿下帶著一群粉絲走了過來。

「你沒事？」慕梵上下打量了他一圈，有些譏嘲道，「我忘了，你在守護學院裡那麼多仰慕者，他們怎麼可能會讓你受傷。」

有奕巳不明白他哪來的敵意，皺眉道：「這和殿下無關吧？」

慕梵看著他故意疏遠的臉就來氣，又想起自己在紫微星的悲慘遭遇，心裡就憋得慌。

比起自己，這個傢伙卻在北辰過得如魚得水。想到此，慕梵意有所指道：「果然，這裡才是最適合你的地方。」

有奕巳全身的汗毛都豎了起來！

他突然有極大的危機感，此時慕梵看他的眼神又回到了那次在湖邊，像是蓄勢待發即將撕咬獵物的野獸。對上那雙眼，有奕巳覺得自己在對方面前好像沒有了祕密。

有琰炙師兄說得沒錯，自己果然該遠離他。

現在要怎麼脫身才好呢？

幸運女神似乎終於眷顧了他一次，沒等有奕巳想好離開的理由，慕梵那邊就有了意外狀況。

「殿下！」

書記官梅德利急匆匆趕來，在慕梵耳邊低語了些什麼。燈泡王子臉色一變，收起了戲謔，沒再看有奕巳一眼，轉身就走。

有奕巳暗暗鬆了口氣的同時，也在疑慮，這是發生什麼大事了，讓慕梵這麼著急？

不一會兒，等他和伊索爾德等人會合後，很快就知道了事情的真相。不僅是他，北辰軍校，包括整個星系都獲知了這個消息。

戰爭再次爆發了！

只不過不是帝國與共和國的戰爭，而是共和國內戰。

共和國靠近銀河外星系的邊境地區，爆發了起義。當地駐防軍隊猝不及防，接連丟失了三四個行星。軍部緊急命令離事發星系最近的北辰第三艦隊，前去鎮壓當地的起義軍，中央直屬的鐵騎軍團隨後輔助。

聽到消息的有奕巳，心沉了下去。如果他沒記錯，柏清就隸屬於北辰第三艦隊。

那個爽朗樂觀、又對自己恪守職責的軍人，正在前去前線的星艦上嗎？血與火的烽煙寥寥燃起，飄散在烽火中，只有那聲聽不見的嘆息。

開戰消息傳開後，北辰軍校裡一片譁然。連中午吃飯的食堂裡，很多學生都討論了起來。

「你說究竟為什麼起義？」

「噓！什麼起義，軍部說是叛亂。」

「聽說那裡靠近銀河外星系，有很多混血兒。」

「中央對混血不是有扶持政策嗎？現在就算是那些純種的河外星人，也可以到內部來做生意啊。」

「是，但同樣要加收百分之三十的重稅。」

談到此，氣氛沉重了起來。

在這片廣闊的星域，已知的智慧生物，除了人類和亞特蘭提斯人外，還有另一群為數眾多、同樣不容忽視的種族——位於銀河外星系的外星生命。他們大多沒有類似人的外形，在早前的星際開發的歷史中更是多次與人類爆發戰爭。

因此，這些有著異形外貌的外星種族，在共和國內一直或多或少受到歧視。但是種族混居多年，邊境地區的人類與外星生命早有了牽連不清的關係，沒想到依舊還是起了內戰。

校長辦公室內，威斯康看著最新的報告，深深嘆了口氣。

「北辰修生養息多年，沒想到再次出戰，竟是向自己的同胞揮劍。」

他的眉間有著化不開的憂鬱。

戰爭一旦爆發，就再也無法挽回。

這幾天，隨著北辰第三艦隊開赴戰場，前方消息逐一傳遞回來，學校內的氣氛也變得壓抑許多。

教授們依舊正常上課，但是有奕巳明顯感覺到，他們的心思也都不在課堂上了。

起義軍、內戰、北辰艦隊。

這三個關鍵字，沒有一個不引人矚目。不僅牽扯著整個北辰星系，而且還牽扯著整個共和國人們的心神了。慕梵從那次匆匆離開，就一直沒有再返校，不知道在忙些什麼。

幾天後的午休時，學校內部得到了最新消息。

第三艦隊已經抵達前線，開始與起義軍正面交鋒。在正規軍面前，這些由普通百姓臨時聚集起來的起義軍，很快就節節敗退。被起義軍占領的行星已經收復了大半，只剩最後一部分起義軍在垂死掙扎。

戰事進行得相當順利，卻沒有人高興得起來。

北辰艦隊，是由每個北辰軍人用血磨練出來最鋒銳的一把劍。正猶如守護學院徽章上對外高舉的長劍一樣，這柄劍是用來守護他們的親人、愛人和家鄉的。如今，不論原因，這柄利劍卻向自己的國民揮去。

沒有人高興得起來。

課餘休息時，有奕巳幾人也聚在一起討論此事。

「你說，這怎麼說反叛就反叛了呢，他們能得到什麼好處？」

沈彥文很是不解道：「難道叛出共和國，他們還能去投奔帝國不成？」

伊索爾德不以為然地道：「帝國不會接受他們。」

「這我當然知道，除非他們想和共和國撕破臉。唉……要是衛瑛在這裡就好了。」沈彥文嘆息一聲，「可惜她還在封閉訓練，不然我們就能多探聽一些消息了。」

「怎麼說？」

「你不知道嗎？」沈彥文壓低聲音，神祕兮兮道，「這次北辰第三艦隊的總指揮官，是衛瑛的三叔。而且其中幾個副官，也都是原黨派的堅定分子。不覺得巧合過頭了嗎？」

「你的意思是，派第三艦隊前去鎮壓叛亂，不是偶然——」有奕巳沉聲道，「是故意的？」

「依我看，這次起義也不是事發突然。大概中央早就聽到了風聲，事先把第三艦隊派去附近巡邏，為了出事時好把他們當槍使。」出生在世家的沈彥文，有時候也不是那麼笨的，「鎮壓起義這件事，無論做的好不好，都不會得到好名聲。這不正中了他們的計謀嗎？」他挑了挑眉，「你們看。」

順著沈彥文所指的方向看去，有奕巳注意到在大廳裡有幾個高談闊論、表情得意的人，其中一個他還認識。

米菲羅·卡塔，入學測試時帶人包圍他、最後被反咬一口的公子哥。不過此時，他一掃之前的失意，紅光滿面地與周圍交談著。那表情，根本巴不得讓所有人都知道他心情有多好。

原黨派被坑了這一把，得利最大的自然是革新派的人。作為中央星系大家族的子嗣，米菲羅·卡塔也是既得利益者之一。

「小丑一個。」沈彥文冷笑道。

然而他毫不壓低的聲音，把正主吸引過來了。米菲羅不快地一挑眉毛，在看見說話的人後又掛起笑臉，假惺惺地走上前打招呼。

「午安，沈家的小公子、入學第一的天才，還有這位……同學。」他看了眼伊索爾德，傳言對方是星鯨家族的，在沒有證實身分前，他決定先不招惹對方。

「幾位齊聚一堂，是在討論現在熱議的戰事嗎？」米菲羅道，「反叛軍節節敗退，北辰艦隊勢如破竹，都是好消息。」他的視線轉向有奕巳，帶著幾分自以為隱藏得很好的陰毒，「蕭奕巳，你覺得呢？身為共和國的子民，大家卻不為平叛而高興，是不是太奇怪了？」

米菲羅的目光又轉向沈彥文，帶著幾分得意，「為何都要哭喪著臉呢？哦，對了，是覺得北辰艦隊大材小用了吧？堂堂北辰，怎麼能去對付那些混血的雜種呢，你們可是當年打敗帝國的最強艦隊耶！」

明眼人都能聽出他話語裡的嘲諷，沈彥文更是氣得恨不得出手揍人。

「不，我沮喪，只是因為我在反省一件事。」有奕巳制止了衝動的同伴，微笑道，「只怪我入學測試時手下留情，把不該放的畜生放進來了。沒有實力卻只會狂吠，實在是有些擾人清淨。」

「你——」米菲羅咬牙，狠狠一笑，「給我等著，你們這些北辰的莽夫，高興的日子也沒多久了。等解決完邊境那些雜種，就到你們——」

話到一半，米菲羅突然覺得氣氛不對勁。只見剛才還束手旁觀的其他學生，全都一言不發地盯著他，眼神帶著狠厲。

「我們會怎樣，卡塔家族的大少爺？」沈彥文皮笑肉不笑地看向他，「你倒是說完啊。」

「哼！你們好自為之！」

米菲羅一甩手，帶著幾個跟班落荒而逃。他也知道，再留下去就要被群起攻之了。

「這樣的人竟然還能入學，校長真是太仁慈了。」沈彥文氣憤道，「我就知道這幫中央來的學生，根本不安好心。」

「恐怕威斯康校長現在也力不從心吧。」有奕巳嘆氣道。

「威斯康校長嗎？」沈彥文道，「說起來，最近不僅是校長，連有琰炙師兄和克利斯蒂師兄也都沒見到了……對了，許多多也很久沒來找我們了。伊索爾德，你也沒見到他嗎？」

伊索爾德搖了搖頭，「法官候補分成兩班，他跟我不同班，我也很少看到他。」

其實伊索爾德還有一句話沒有說出口。

他不是沒見到許多多，而是許多多一直在躲他。自從開戰的消息傳出來後，伊索爾德就見不太到那個內向的男孩了。倒是跟在許多多身邊的紅髮姑娘黛爾，有時候還會跟他打招呼。

沈彥文擔憂道：「他是不是發生了什麼事？為什麼不來找我們？」

「該來的總會來，該躲也躲不掉。」

有奕巳站起身，向著出口走去。

「回去上課吧，趁我們現在還有時間。」

雖然擔心戰事，但很多人都覺得前線烽火很遙遠，並不會對學校生活產生太大影響。唯一對北辰軍校最大的影響是——慕梵不來上課了。

這位給所有人留下了深刻印象的亞特蘭提斯二王子，自從共和國邊境戰爭開始的第二天，就再也沒出現在眾人面前。有些人認為，身為別國王儲，慕梵這是為了避嫌；還有人猜測，他是被召回帝國，處理相關事宜。

然而，除了當事人，根本沒有人知道真正的原因。

慕梵離開北辰，是因為接到了一個消息。為此，他不惜離開北辰軍校，暫時放棄籌劃已久的謀算，甚至連有奕巳的事都被拋在腦後。接到消息隔天，慕梵就匆匆趕到了那個地點。

那是一片充滿死寂氣息的星域。周圍行星上全都沒有了生命，連恆星也只散發著黯淡的光彩。

踏入這裡，彷彿踏入一片死域。

這裡是北辰星系的最北邊，帝國邊境的最南邊，是當年兩國交戰最猛烈的區域。

同時，也是最後一隻鯨鯊的葬身之地。

「殿下，我們到了。」梅德利不敢上前打擾，站在慕梵身後道。

閉目養神許久的慕梵緩緩睜開眼，黑色的瞳孔裡，倒映著眼前這片枯寂的星海。

「我來過這裡很多次，梅德利。」

他起身走到船舷前，手撫摸著透明的落地玻璃，看著遠處深黑的宇宙。

「每年兄長的忌日，我都會到這裡為他獻上一束花。」慕梵低喃，「從我記事起，周圍的人都說他是英雄，一個為了守護親人與國家，葬身在戰場的英雄。」

「慕焱殿下的犧牲永遠被我們銘記，他是帝國的榮耀，殿下。」

「榮耀？」

慕梵轉身大笑，臉上甚至不受控制地浮現出銀色斑紋，扭曲而詭異。

「是榮耀，還是陰謀，馬上就會知道了……」

他凝視著前方，虛空握住遠處的星辰，似乎想要把它捏碎在手心。

「很快。」

第二十一章 烽煙再起（二）

就在所有人關注前線戰況時，另一件事悄悄地進行了——

軍部的募兵法改革，通過。

第一批接到募兵法變革通知的，是北辰軍校的管理層。威斯康·阿克蘭第一時間就召集了幾位教授和校董，進行了一個祕密會議。前一次北辰第三艦隊的調動是軍隊內務，與軍校還沒有太大關聯，直到軍部的募兵法改革發下來，他才不得不出聲了。

「已滿十八周歲，都要強制入伍？」

威斯康咬牙道：「這幫人是想要斷我們的根啊！強制入伍，其他星系還好，我們的畢業生肯定都會被送到最危險的地方。兩年之內還不能回原籍，好狠的一招釜底抽薪！」

砰！

威斯康重重一拳擊打在桌面上，將桌案捶出一個坑。

「先是派我們的艦隊去鎮壓起義，現在又要搶走我們的孩子……他們根本欺負我北辰無人！有王耀那個傀儡上將，這就是他和軍部商議的結果?!」

「校長。」

幾位教授面面相覷，聽見他痛罵上將，都不知該怎麼勸。

「這件事，上將您也未必能挽回。」出席祕密會議的莫迪教授說，「既然中央早有分裂我們的野心，這步棋他們不可能輕易撤下的，我們只能先轉明為暗。」

「怎麼轉？」薩丁嘲笑他，「他們把北辰的艦隊派出去打仗，自己的軍隊在後面虎視眈眈，一旦我們有動作，恐怕就會被扣個叛亂的帽子。能怎麼辦？」

「我們在中央並不是只有敵人。」莫迪教授淡淡道，「還有盟友。只要能穩住這兩年，一切都能解決。」

「兩年可以做到什麼？」

莫迪淡淡道：「兩年，可以讓少年明白事理，知道他們該負的責任。」

「莫迪說的對。就算不能做到什麼，也可以讓我們的孩子們再長大一些，讓他們再晚一點面對這些風雨……」威斯康深深地吸了口氣，「在那之前，讓他們度過這最後的時光，教會他們更多東西，才是我們該做的。至少我們不能讓還沒長大的孩子，死在那些野心家的陰謀裡。」

「校長……」

威斯康一揚手，示意他們安靜。

「現在唯一能做的，就是讓我們的學生學會更多的知識，不要讓他們毫無防備地迎向外面的狂風暴雨。而且，一年後，不是還有一次全星域軍校競賽嗎？」威斯康掀起嘴角，「到時就讓他們知道，哪怕再打壓，北辰的脊梁骨也是他們扳不碎的！」

軍校競賽，可不僅僅是一次簡單的比賽，它是軍力、科技、指揮等綜合性的較量。它象徵著一個星系未來的力量，代表著這個星系的實力和發展的可能。

對於北辰來說，如果能在軍校競賽表現出色，至少那些虎視眈眈的豺狼們，能搞清楚他們的分量。

「那麼，」莫迪緩緩道，「為一年後的競賽做準備，我建議現在開始，必須『認真』地給學生們上課。」

在場所有教授，都露出心照不宣的表情。

北辰的學生們，對這場祕密會議一無所知，但是會議結果很快就反映在他們身上了。

不知什麼原因，北辰的教授們像是被打了興奮劑一樣，開始瘋狂地給學生們灌輸知識。

其中以薩丁為最。

這位前星盜，簡直不把學生當人看，檢察官候補生們的異能科課程，總是在一片鬼哭狼嚎中結束。

而托他的福，很多學生對異能的掌控都提高了不少。有奕巳更是在兩個月內連升三級，成為了四級異能者。

異能的突飛猛進，連他本人都嚇了一跳。然而，比起另外兩個大新聞，他的事就顯得微不足道了。

第一個大新聞是，一周前閉關訓練的有琰炙正式突破，成為第一個未滿十八歲就達到乾階的異能者。這個好消息，鼓舞了北辰軍校低迷的士氣。有琰炙也成為和克利斯蒂並駕齊驅，守護學院最熱門的兩名騎士候選人。

另一個大新聞就是，失蹤了兩個月的慕梵回來了！與他一同歸來的，還有一個驚人消息——

亞特蘭提斯帝國開放邊境，收容被共和國軍隊追擊的起義軍殘黨。為此，帝國甚至不惜與共和國翻臉。這個決策惹惱了人類中央星系的長官們，共和國外交部對此表達了嚴正抗議。

這個提議，據說就是慕梵提出的。

聽到這個消息後，北辰的學生們這才意識到，這位看似低調的亞特蘭提斯王子，真的擁有影響兩個國家的能力。

但是慕梵為什麼要這麼做？沒有人知道。

只是很多人能感受到——慕梵變了。

如果說入學時，慕梵給人的感覺，還只是一個稍微有些架子的貴公子；現在的他，已經變得高不可攀、觸不可及了。

回到北辰後，他臉上的笑容消失，目光也銳利許多。雖然重新回到了學校，但是他大部分時間都不在校內。守護學院對此也不聞不問，似乎他早就與學校做好了協定。

只是，那個可以與同學一起訓練、幫忙教官做紀錄、與有琰炙對戰後還能笑臉迎人的慕梵，似乎徹底從大家眼前消失了。留下來的，是一個冷漠寡言、不與人親近的亞特蘭提斯王子。

「究竟發生了什麼事？」

沈彥文念念不忘道：「才兩個月不見，第三艦隊都還沒從前線回來呢，慕梵就變了個人。」

「也許不是變成，而是變回呢？」有奕巳道。

「什麼意思？」

有奕巳沒有繼續說。

在他看來，慕梵並不是改變，只是褪下了偽裝。平易近人的王子殿下？那從來不是慕梵，只是他想給別人看到的一面而已。現在的他不想浪費心力偽裝，自然就不在乎別人怎麼看待自己。

但是有奕巳同樣好奇的是——究竟是什麼改變了慕梵？這兩個月他遇見了什麼？

「總覺得最近發生了好多事。」沈彥文感嘆，「北辰艦隊被派去前線作戰，學校突然加重課業，許多多也不跑來煩你了，現在連慕梵都變成這個鬼樣，這個世界究竟怎麼了！」

有果必有因。

「我們遲早會知道答案的。」握緊了手心，有奕巳說，「等到我們足夠強大的那天。」

「蕭奕巳。」

莫迪教授站在門口喊他，「你上次交給我的論文，討論被害人自我答責的那一篇，我有些建議……」

「是的，教授，馬上就來。」

有奕巳和好友們擺手，匆匆離開了休息室。

「啊，又來了，教授面前的大紅人。」沈彥文攤在桌子上，「這是他第幾篇論文了？照這個情況下去，下學期的首席就非他莫屬了吧。」

伊索爾德笑了笑，「我也得回去準備論文了。」

「伊爾，別告訴我，你也想競爭首席！」

「我只是不想將首席輕鬆地讓給他。」伊索爾德微笑，不過臨走前，他也不忘提點某人。

「對了，聽說衛瑛最近也在準備與沃倫爭奪守護學院的一年級首席。彥文，你不找點事做做嗎？」

「啊啊啊，叛徒！我討厭你們！」被刺激的沈彥文倒在桌上不想起身。

伊索爾德笑著離去。

另一邊被莫迪喊去的有奕巳，直到快深夜才得以脫身。

「再修改一下，你這篇論文就可以達到核心期刊的水準。」離開前，莫迪告訴他，「我會替你投稿看看，不過你最好不要抱太大期望。在這之前，先用心準備期末考吧！」

「好的，教授，麻煩你了。那我先回去了。」

有奕巳恨不得立刻回去睡覺。這幾個月來，為了完成莫迪交給他的任務，他可是天天熬夜翻看書籍，已經好久沒有睡個好覺了。

與莫迪簡單告別後，有奕巳一個人踏著夜色，準備回宿舍睡到飽。

然而，還沒走到宿舍區，他就聽到身後細微的聲音，警惕地停下腳步。

有人在跟著他？是誰？

「耳朵倒是不錯。」

輕笑聲從陰影處傳來，接著一個高眺的身影走入視線。

「慕梵？」看清來人，有奕巳詫異，「你怎麼在這裡？」

幾個月未見，再看慕梵這個人，總覺得變了許多。

「我想在哪就在哪。」慕梵冷笑道，「你管得著嗎？」

「我是管不著，那我先走一步。」

「誰准你走了！」

正要轉身的有奕巳，被人一把拎著衣領，拽到面前。

慕梵像是惱怒這人的無視，一把把人推到樹幹上，眼睛黑到可怕。

「我准你走了嗎？」

他的氣息噴薄在有奕巳臉上，甚至近得可以讓人看清嘴裡的牙齒。那一排尖牙雪白閃亮，至今還讓有奕巳留有心理陰影。然而緊接著，他聞到了一絲可疑的味道。

「你喝酒了？」

死一般的沉默。

半晌。

「嗝。」

不適時宜的聲音從慕梵嘴裡傳出，燈泡王子挑起眉，故作冷漠地道：「我沒喝酒。」

信你才怪，醉鬼！

有奕巳上輩子加這輩子都沒喝醉過，所以他根本不知道怎麼應付這些醉鬼。尤其眼前醉醺醺的這個人，還是清醒時就難以應付的傢伙。

怪不得從剛開始，就覺得慕梵不太對勁。有奕巳抓住對方的胳膊，想把人用力推開。

「你幹什麼？」慕梵不悅地看著他，「誰准你觸我的，平民。」

「那你先放開我啊！」有奕巳吼。

「你命令我？」慕梵瞇眼看著他，危險地露出尖牙。他看著眼前這個掙扎的獵物，耐心一點點耗盡，終於忍不住咬了那細嫩的脖頸一口！

痛！

有奕巳冷汗直流，還好他現在異能有長進了，要不然豈不是會被慕梵咬破動脈……然而，那尖牙隔著皮膚摩擦血管的感覺，實在不太美好。

他嚇得不敢動彈，連忙投降道：「是我的錯，殿下。您別咬了……」

再咬他脖子就要斷了。

慕梵神智不清，只感覺眼前的人誘惑著他撕咬下去。他喉嚨乾渴，卻喝不到水，他想咬開那皮膚，喝到極其渴望的鮮血。

「慕梵！」這次有奕巳真的嚇壞了，「你放開我！」

放開我！

彷彿一柄無形的利劍狠狠地刺入慕梵腦中，他頓了一下後，下意識地鬆了口。再睜開眼，看著眼前面色蒼白的少年，他卻露出了笑容。

「又是這樣。只有你能，為什麼是你，有奕——」他話沒說完，兩眼一閉，整個人壓在了有奕巳身上。

有奕巳嚇得不敢動彈了。

慕梵剛才說的話，他聽得清清楚楚，他喊自己什麼？不不不，有奕巳，冷靜一點，這傢伙喝醉了，說不定只是醉話！

他小心翼翼地將慕梵的頭從肩膀上掰下來，把人推到一邊地上。

「殿下……慕梵……燈泡？」

推了推，人還是沒有醒，有奕巳試探了一會，開始使用異能。

你知道我是誰，回答我。

慕梵緊閉著眼，長長的睫毛投下細微倒影，微微張嘴道。

「……煩人的傢伙。」

有奕巳氣得一掌打上他腦袋，究竟誰才煩！

你剛才想說什麼，再說一遍。

問完這個後，有奕巳感覺太陽穴有點痛。精神力耗費過多，不能再施展異能了。他只能屏息，看看慕梵會不會回答這個問題。

睡著的慕梵，銀色的長髮在夜色與光影的映襯下，如同流動著的星河般美麗。有奕巳湊近了才發現，褪去冷硬和疏離後，慕梵的這張面容，竟然會讓人看得失神。

聽見問題，慕梵不自覺地皺起眉，嘴裡吐出含混不清的話語：「你是個麻煩的傢伙，我應該討厭你，我……」

有奕巳腦海裡一片混亂，可慕梵接下來的話又聽不清了。有奕巳晃了他兩下，「喂喂，你說清楚啊！喂！」

慕梵臉上泛著紅暈，徹底睡了過去。

有奕巳拿醉鬼無可奈何，又怕讓他直接睡在地上，醒來後會被人怪罪，只能把他扶起來，放在自己膝蓋上。

「我對你夠好了。」有奕巳哼唧道，「殿下，大燈泡，等你以後真知道我是誰，能不能看在今晚的分上，別找我麻煩？」看慕梵面色泛紅，似乎很不舒服，有奕巳有些擔心，伸手想探探他的額溫。難道還有喝醉發燒這回事？

然而他的手剛湊上去，就被一把抓住了。

失去意識的慕梵緊握住有奕巳的手，將額頭蹭在他手心上，似乎將他誤認為別的什麼人。

有奕巳聽見他在低語，便湊上去聽。

「哥……」

很低很模糊的一個詞，卻像羽毛一樣搔在了有奕巳心頭。

哥？慕梵是在想念他的兄長嗎？如此強大的一個人，也有脆弱的時候？

看著睡倒在自己懷裡的王子殿下，有奕巳真有點手足無措了。

「那邊的人在做什麼！」

此時，一群黑色校服的守護學院學生從樹林裡走了出來。在看清現場的狀況後，他們臉色一變。

「找到人了！」

「去通知克利斯蒂師兄！」

「人怎麼樣了？聯繫校醫了沒有？」

看著一群人急匆匆地過來團團圍住慕梵，有奕巳不在狀況地問：「這是怎麼回事？」

「怎麼回事？」一個人懷疑地瞪著他，「難道你不是最清楚嗎？」

有奕巳皺眉，「你這什麼意思？」

「別跟他囉嗦，把人一起帶回去！」

立刻有兩隻大手過來，牢牢地壓制住有奕巳，把他像犯人一樣扣住。

「慢著！」有奕巳抗議道，「這裡是學校，無論發生什麼事，你們無權隨意押解我！」

「涉嫌對亞特蘭提斯王子下毒，這個罪名夠了吧？」一個長相陌生的學生走了過來。

下毒？

有奕巳錯愕地轉過身，看向面色暈紅的慕梵。原來不是喝醉，是中毒？

他一時間愣住了。

見狀，下命令的學生揮了揮手。

「帶走！」

有奕巳掙扎起來。不行，這個狀態被帶走，即使沒有嫌疑，也會被披上一層嫌疑犯的外衣！一旦被目擊的學生傳出流言，他可能就徹底毀了！

「你們在幹什麼！」

關鍵時刻，有人及時制止了這一切。有琰炙走到眾人中間。

「是誰給你們權力，不經調查就對北辰學生使用強制手段？」

有琰炙一出聲，在場學生都安靜了下來。自從他進階到乾階，在學校裡的名望又更上一層，沒有人敢輕易質疑他。

「可是慕梵都……」

「慕梵的身分再特殊，在這裡也只是一名學生。」有琰炙冷冷道，「現在情況尚不清楚，你們要為了一個學生，讓另一名學生被懷疑成是嫌疑犯嗎？」

「可是，師兄……現場只有他一個人。」有人質疑道，「而且慕梵正好倒在這邊，還失去了意識。」

「慕梵喝下毒酒的時候，每個人都在場。那你們所有人，包括我，也都可能是嫌犯，你們為什麼不來抓我？」有琰炙瞥了那人一眼，那人立刻不敢再出聲。

「你們將慕梵送到校醫處後，再聯繫校長和教授。至於你……」他走到有奕巳身前，有些恨鐵不成鋼地看了他一眼。「跟我來。」

直到跟著有琰炙走進校長室時，有奕巳都還沒回神。

慕梵中毒，被懷疑成嫌犯？

情況撲朔迷離，以至於一到僻靜的地方，他就忍不住出聲。

「師兄，剛才到底怎麼回事？慕梵那是中毒了？」

「準確地說，是被人下毒。」有琰炙說，「一種能影響神經的毒素，會讓人失去自制力，而中毒的人是慕梵，後果更不堪設想。」

一個鯨鯊如果失控，帶來的破壞簡直難以想像。

「今晚守護學院為四年級學生舉行了實習餞別晚宴。慕梵參加了，但是沒人料到他喝的那杯酒被做了手腳。等我們察覺不對，想要制止他的時候，他已經跑出我們的包圍圈了。直到剛剛大家才找到他，和你在一起。」

有琰炙緩緩道：「這種毒素，如果沒有解藥緩解，中毒的人會持續受影響，逐漸失去自控力，肆意傷人。而與你在一起的慕梵，卻沒失控而是安靜地昏睡著。你覺得，別人會怎麼想？」

「會認為是我下的毒，並給了他解藥。」有奕巳苦笑，「可是，我根本沒有動機啊。」

「你還不明白嗎？」有琰炙終於忍不住吼出聲，「根本不需要動機，只要你有把柄被抓著就夠了！開除學籍、被起訴、進監獄，或者被動用私刑！」

他上前一步，狠狠抓住了有奕巳的衣領。

「有奕巳，我早就告誡你遠離他，為什麼不聽我的！」

這是有奕巳第一見到對方如此動氣的模樣，然而比起這些，剛才有琰炙對他的稱呼，更讓他在意。

「師、師兄，不要激動，你喊錯名字了……」

「沒喊錯！你這雙眼睛和那傢伙一模一樣，還有那個該死的徽章，我不會認錯的！」有琰炙似乎也有些失控了，雙目泛紅。

「一個、兩個都只知道給我添麻煩……不過收養了我三年，卻要我照顧一個拖油瓶一輩子。我能不能活到你的一輩子那麼長，都還是個問題啊！你們這些混蛋，你是，有銘齊那傢伙也是！」

先是慕梵，再是有琰炙，有奕巳開始懷疑，是不是全世界都知道自己的身分了？今晚受到的刺激實在太多，他已經有點麻木了。

此時，他甚至能冷靜地看著有琰炙發怒，然後順口問了一句。

「那麼，你是什麼時候發現我身分的，哥哥？」

有琰炙臉上竄起一抹紅色。

「你剛才喊我什麼？」

「呃，師兄。」

「不是這個！」

「……哥哥。」

那只是聽到慕梵的低語，他一時有感，順口就喊出來了。糟糕，有琰炙不會生氣吧？

有奕巳正惴惴不安，卻見有琰炙鬆開了他的衣領，還順手替他整理了一番。接著，轉身面對正好破門而入的威斯康校長。

威斯康對著有奕巳質問道：「這到底怎麼回事？你和慕梵——」

「校長。」

前一刻還在惱火的有琰炙，一把將人拉到自己身後，不滿地道：「這不關我弟弟的事，你不要吼他。」

威斯康一愣。

有奕巳傻眼。

少年你這麼善變，究竟是遺傳到哪家的基因？

第二十二章　烽煙再起（三）

「弟弟？」

威斯康眨了眨眼，不敢置信道：「你們……」

他看向有琰炙。

「你知道了？」

「嗯。」

「他知道你知道了？」

「可能吧。」

「你知道他知道了沒有？」

「現在知道了。」

有奕巳發現，自己有點聽不懂這兩人的對話。

「等等，校長先生，還有師兄。」他這麼喊時，有琰炙瞪了他一眼。有

奕巳縮了縮肩膀，繼續道，「在我們開始對話前，我想弄明白一件事。你們

說的『知道』，是我想的那個意思嗎？」視線投向威斯康校長。

「你想的意思是哪個意思？」威斯康尷尬道。

有奕巳面無表情地指著自己：「就是這個意思。那我換個說法，在這個學校裡，究竟還有誰知道我的身分？」

威斯康一時語塞，不知道怎麼回答。倒是站在一旁的有琰炙，替他回答了這個問題。

「我認出你是巧合。」接著他說，「至於校長，應該是在你入學前就發現了。」

有奕巳恍然大悟，「所以幫我更改入學資料的，就是校長先生嗎？」

威斯康尷尬地摸了摸後腦勺，終於承認，「我也是受人所托。」

「受誰？我的養父？」

有奕巳見對方不回答，但神情表示了一切，心一點一點地沉了下來，「那麼，流落到紫微星，隱姓埋名養育我，又突然告訴我身世，甚至讓我入學北辰，難道都是你們計畫好的？」

雖然早有預料，但是有奕巳覺得自己很可笑。

原來自己的覺悟跟發現，都只是別人安排給他的，他的人生其實一直受人掌控著。

有奕巳漠然問：「一個萬星後裔，真的這麼有利用價值？」

「不，小奕，我們只是為了保護你。」威斯康急忙解釋，「你們在紫微星生活的事，之前沒有任何人知道。這次要不是為了你入學，他不會聯繫我幫忙。謝長生，就是你的養父，他放棄一切，拚盡全力將你撫養長大。你們相依為命生活了這麼久，你應該相信他。」

有琰炙聽到那個名字，露出了略顯驚訝的神色。

有奕巳心裡苦笑著想，原來老頭叫謝長生，一起生活了十五年，竟然這時才知道他的名字。

「我們幫你隱瞞身世，只是想保護你，不想你落得和你父親一樣的結局。」威斯康面色流露出悲哀，「請你相信，我們絕對沒有想利用你，只是北辰的確需要你。」

「你來到這裡那麼久，應該多少了解北辰的現狀吧？」威斯康說，「看著風光，其實步步維艱，這個星系需要一個重新挽救它的人。」

「是什麼讓你覺得那個人會是我？」有奕巳不可置信道，「不管身上流著誰的血，我也只是個人而已，剛剛還差點被守護學院的人押走。這樣的我，可以做到什麼？」

有奕巳覺得難以置信，這裡的人是不是都太篤信萬星這個稱號了？

「我甚至不如師兄。」他指著有琰炙，「出生的時候，我連一級異能都沒有！」

他報考北辰，想要變強，的確是為了守護重要的人，也有考慮過為家族做些力所能及的事，但那都是以自願為前提，而不是被強迫、被欺騙！他渴望強大，是為掌控自己的命運，而不是被人操縱。

「他們希望你拯救世界。」有琰炙淡淡道：「因為你姓有，所以有些人就會認為，這就是你生來該做的。即便知道你只是一個普通人，沒有三頭六臂，他們也會把自己完成不了的希望，加注到你身上，並認為是理所當然。一旦稍微辜負了這些期待，你就是罪人。直到最後不堪重負，成為利益爭奪下的犧牲品，就像有銘齊那樣……我說得對嗎？校長。」

「……對。」威斯康苦澀地出聲，「但是，不僅是萬星，所有人都有不得不背負的責任。就像是你，琰炙，為何你要一直逼著自己突破乾階？是為了你的天賦、你背負的名譽，還是不想辜負有銘齊的希望？」

「很多事如果我們不去做，就沒有人來支撐。我也想乾脆地退休，過清閒日子，但是學校裡的孩子們怎麼辦？出發去前線的士兵，他們也不想與起義軍交戰，不想打內戰，但是他們有拒絕的餘地嗎？軍部的劍抵在我們喉嚨上，不服從，被攻打被削弱的就會是北辰。這些都是為了什麼？」

「這是我們的責任，是我們的使命。」他看向有奕巳，「問我為什麼要期待你……萬星和這片星域千絲萬縷的聯繫，還有人民對有家的期望，其實你早就察覺了，不是嗎？」

有奕巳沒法反駁。

北辰民眾稱呼有銘齊為「啟明星」，北辰軍校至今的全名，依舊是北辰萬星軍校。

每年各地都有不少紀念日，都在紀念這個家族死去的將士。

對於萬星家族，很多人一開始神化他們，投注了太多的希望。然而，能說他們錯了嗎？要告訴所有人，萬星也不過是個普通人，徹底破滅他們心裡的信仰嗎？

屋內剎那間陷入沉默，有琰炙的臉上隱約露出不滿，威斯康則是一臉苦意。

「校長？琰炙？」

直到另一人打破了這份寂靜，克利斯蒂進屋，奇怪地看著異常沉默的幾人。

「我剛才接到通知，說蕭奕巳涉嫌——」他看到了在場的有奕巳，尷尬道，「抱歉，你又得隨我去一趟紀檢委了。」

有奕巳笑了笑，「師兄，你來得正好，我跟你走。」

他在這間屋子裡，已經有點待不下去了。

「放心，我會謹慎調查。」克利斯蒂鄭重保證道，「在此之前，不會讓任何人對你做出不適當的行為。」

有奕巳跟著他離開。走到門口時，腳步一頓，「薩丁老師也知道嗎？」

對方毫無頭緒的問法，讓克利斯蒂感到莫名其妙。

威斯康卻聽懂了，回答：「他和你父親是……有些淵源。」他又連忙道，「不過目前其他人都不知道，你放心。」

有奕巳沒有太激烈的反應，只是點點頭道：「謝謝您的告知。請帶路吧，克利斯蒂師兄。」

餘下的兩人看著他們離開的背影，許久不言。

「為什麼事情會鬧到這個地步？」威斯康愁眉道，「為什麼偏偏是現在？」他抬頭，注意到還沒離開的有琰炙，猶豫道：「琰炙，你……」

「我不會告訴父親。」有琰炙說，「如果您是在擔心這個的話。」

「抱歉，讓你為難了。」

「讓父親知道他的身分，為難的人只會更多。」有琰炙說，「我先告辭了，校長先生，學院裡還有事要回去處理。」

臨出門前，有琰炙回頭看他，「您說的對，每個人都有與生俱來的責任。但是我很自私，不希望重要的人被逼入險境。如果真有那一天，就讓我來背負那份責任，至少我也使用著這個姓氏。」

說罷，他頭也不回地離開。

「險境？」威斯康的眉宇間染上疲態，苦笑道，「可是這世上，哪有絕對安全的地方？」

今天註定是個不眠夜。

有奕巳坐在紀檢委安排給他的小隔間，撐著下巴想。發生了這麼多事，第二天肯定會一片混亂吧。

伊爾他們明天知道後，會不會很擔心？莫迪教授還等著自己改論文呢……還有，慕梵的毒。

有奕巳想著想著，皺起了眉頭。

這件事有太多疑點了，為什麼慕梵正好被人下毒，又正好跑到自己那裡？如果自己沒有用異能壓制住慕梵，究竟會變成什麼結果？

下毒的人是誰，目的又是什麼？

有奕巳在禁室裡枯坐許久，直到克利斯蒂來找他。

克利斯蒂道：「我帶來兩個消息，一個好消息，一個壞消息。你想先聽哪個？」

「師兄。」有奕巳苦笑，「一起說吧，不必幫我做心理建設。」

克利斯蒂看了他一眼。

「好消息是，慕梵情況穩定，目前沒有大礙；壞消息是，找到下毒的人了。」

有奕巳愣了一下。

「這不該是好消息嗎？」

「對你來說是個壞消息。」克利斯蒂道，「下毒的人，你也認識。」

「是誰？」

「許多多。」

有奕巳愣住，「怎麼會是他？確定嗎？」

「確定了。」克利斯蒂道，「在他房裡搜到了剩餘的毒物，經過訊問後，他本人也承認了下毒的事實。今晚他是負責宴會服務的工讀生，根據其他工讀生的證言，事發時他負責調配酒水，條件完全符合。」

「可是他為什麼……他能有什麼理由？」

「我不知道這算不算理由。」克利斯蒂說，「我們查資料發現，許多多原籍是羅曼星系，他雖然不是混血，但是他的家人已經被牽扯進戰爭中。」

羅曼星系，正是目前北辰艦隊與起義軍交戰的地區。

「慕梵提議開放帝國邊境讓起義軍殘部入內避難，反而激化了起義軍與共和國的矛盾。」克利斯蒂說，「今天早些時候，軍部下令對起義軍進行剿滅追擊時，炸毀了附近的人造居住衛星。」他頓了頓，才繼續道，「我們得到消息，許多多的家人，就住在那顆衛星上。」

有奕巳的喉嚨有些乾澀，「那……」

「沒有生還者。」克利斯蒂說出一個讓人無法平靜的結果。

一顆居住衛星被炸得四分五裂，普通人類又怎麼能在太空中生存？

「許多多或許認為是慕梵的建議，讓軍部下決心剿滅起義軍，放棄了邊境星球的居民。」

有奕巳痛苦地閉上了眼。

入學的時候，許多多高興地對他說，他考上北辰是他們一家的驕傲。幾個月前，許多多還興奮地告訴他，他的母親會帶著特產來看望他。

不過數月，物是人非。

他的母親沒能來看望令她驕傲的兒子，他的家人永遠留在了被炸毀的人造衛星上。

起義軍與共和國的矛盾激化，軍部下令炸毀一顆居住衛星，是慕梵的責任嗎？或者說，慕梵當時若是不開放邊境，不收容難民，事態就不會變成這樣？

許多多該恨誰？炸毀居住衛星的艦隊？下令的軍部？還是慕梵？

但無論如何，逝去的家人也不會回來。也許，他只是想找個管道，發洩心裡無法遏制的痛苦。

那麼下毒的許多多有罪嗎？他死去的家人有罪嗎？被逼到絕境的人，是不是只剩下自取滅亡或傷害他人的選擇？

有奕巳深呼吸，皺著眉頭閉上了眼。

「戰爭……」

關於中毒事件的調查，紀檢委緊急召開會議。克利斯蒂作為現任的委員長，負責主持會議。

「蕭奕巳的嫌疑這麼多，還不夠可疑嗎！」

「許多多是星法學院的一年生，而他和蕭奕巳一直有接觸，這就是契機！」

「也許他就是被蕭奕巳唆使的！」

目前，紀檢委的人分成兩派，一派認為許多多就是真正下手的人，另一派則堅定地認為有奕巳才是幕後黑手。

克利斯蒂聽著皺眉道：「沒有任何證據顯示，許多多下手前收到了蕭奕巳的指示。而且，蕭奕巳也沒有動機。」

「沒有動機，是因為他掩飾得好。」一個人不屑道，「誰知道他心裡在想什麼！」

克利斯蒂看向那人，直言不諱。「那麼我是否可以說，你急於定蕭奕巳罪，是因為上次的入學測試中，他讓你丟了面子？」

眼前的三年級生，正是當初和有奕巳在測試中起衝突的星法學院首席，也是當時的監察組成員之一。

「空口無憑！」那人氣急。

「是，我空口無憑，你不也是如此？」克利斯蒂反駁。

「好了，你們兩個。」居中調節的四年級星法學院首席，麗娜爾多頭疼道，「這些都不是重點。關鍵是，現在要弄清楚許多多為何要下毒，也許我們應該繼續訊問許多多。」

「師兄師姐，不好了！」

談話間，有人擅自闖入，帶來意想不到的消息——

「許多多在禁閉室自盡了！」

「什麼！」所有人拍案而起。

有奕巳安靜地在禁閉室裡等待最新消息。

然而自從克利斯蒂師兄離開後，一直沒有人過來。直到早上，他昏昏欲睡時，才聽到了開門聲。

來人是克利斯蒂，他身後還跟著幾個人。其中幾個人有奕巳在之前的眾議會上見過，是北辰的校董。

有奕巳揉著有些痠麻的膝蓋，立刻站起來，保持最基本的禮儀。

「師兄……」

他還沒說完，就被一個刻薄的聲音打斷。

「就是他？」包法利諷刺地道，「他就是共犯？」

克利斯蒂皺起了眉，「包法利董事，事情還沒有定論，請不要妄下判斷。」

「人都畏罪自殺了，我們上哪再去調查？」包法利埋怨道，「難道要交一具屍體給帝國，讓他們認為我們在敷衍了事嗎？既然這傢伙還活著，不如就拿他……」

「你說什麼？」有奕巳抬起頭，「什麼屍體？畏罪自殺？」一夜未睡，他的眼中有深深的血絲。

「師兄，告訴我是怎麼回事？他剛才說的話是什麼意思？」他追問克利斯蒂。

「大膽！一個區區平民，竟敢這樣對我說話！」包法利氣得跳腳。

然而此時卻沒有人理睬他，連克利斯蒂也毫不顧及他的憤怒，而是看向有奕巳，眼中帶著一絲歉意。

「昨天晚上，許多多在禁閉室裡自盡了。」他聲音乾澀道，「他留言交代了一切，並獨自承擔所有罪名。所以，你現在已經——」

「我不關心這個！」有奕巳激動地上前抓住克利斯蒂的衣領，「他人呢？人呢！」

「……抱歉，我們去的時候，他已經沒有呼吸了。」

沒有呼吸，死了。

昨日還鮮活的生命，就這樣沒了？

有奕巳大腦嗡嗡作響，覺得一切都太不真實了。

「一個邊民而已，死就死了，哪裡比得上亞特蘭提斯王子的安危重要？」

包法利不滿道，「勸你還是盡快交代，我們還可以對你從輕處置。」

「……閉嘴。」

「什麼？」

「我讓你閉嘴，混帳！」

有奕巳怒瞪著對方，眼裡幾乎都噴出火來。看著眼前人醜惡的嘴臉，想起戰事爆發時米菲羅・卡塔得意的笑容，心裡好像有股火在燒，完全無法冷靜。

如果不是一貫的苛待混血，如果不是中央下令炸毀衛星，被壓迫的邊民就不會反抗，戰爭根本就不會發生，就不會有後來的一切。

這些都是誰的責任，是一個人，還是一群人？

不，有奕巳早就知道，如果一樣東西要腐壞，必定是先從內部開始。整個共和國，像包法利這樣輕視人命、傲慢自大的人還有多少？

「衝撞董事，再加上有投毒嫌疑。」包法利錯愕後，隨即惱羞成怒，「你就等著被學校開除吧！克利斯蒂，繼續關著他，我要向學校申請公開審判他！」

「董事！」克利斯蒂阻止道，「你不能這麼做！」

「我能，就憑我還是這間學校的董事之一。」包法利最後看了一眼有奕巳，得意地笑了笑，甩手離開。

克利斯蒂對此擔憂萬分，問有奕巳道：「你為什麼要那樣挑釁他？」

然而他回過身，卻發現有奕巳已經沒有了剛才惱怒的表情，整個人安靜地站著，好似一座雕塑。

注意到克利斯蒂的視線，有奕巳抬眸看他，黑色眼瞳裡映不出一絲光線。

「師兄，如果一樣東西從內部腐爛了，該怎麼辦？」

聽著他平淡的聲線，克利斯蒂卻感到了極大的壓力。

「蕭奕巳，你要做什麼？」他上前抓著有奕巳的衣領，「我們已經失去了一個學生，你還想有更多的犧牲嗎？惹怒他有什麼下場你不知道？現在就算是我和伯父想要保護你，也根本做不到了！」

有奕巳淡淡地笑了。

「正如那個禿頭所說，即使多多死了，我身上的嫌疑依舊洗不掉。我需要一個公開的、有權威參與的場合，一個證明清白的機會。」

克利斯蒂狐疑地看著他，「你準備像上次慕梵那樣，在辯解中駁斥他們？你有把握嗎？」

「辯解？」有奕巳一愣，隨即低低笑起來，「是啊，辯解。無罪的人需要為自己辯白，有罪的人卻高高坐在審判席上。這個世道，是不是會吃人？」

「你……」克利斯蒂覺得有奕巳不太對勁，連忙鬆開手。「包法利董事可能很快就會提起對你的審判，你……抓緊時間休息吧。至於其他的，我會盡力幫你安排。」

「蕭奕巳，不要太衝動了。」

最後留下幾句，克利斯蒂嘆了口氣，離開了禁閉室。

四周安靜下來後，有奕巳坐著思考，然而安靜的房間裡，卻一直傳來幻聽般的聲音。

「謝謝你。我可以用小麥粉補償嗎，這是我從家裡帶來的特產。」

「小奕哥！」

窒息般的痛苦掩埋了他整個人。

再也見不到，那個笑著喊他名字的少年了。

有奕巳從未想到，這晚發生的一切，將會如此徹底地改變他的命運。

整個北辰星系的命運，也從這一刻開始蛻變。

「你說什麼？」

沈彥文打翻了手裡的盤子，狠狠道：「蕭奕巳怎麼會進禁閉室？許多多又怎麼會死？你說清楚一點！」

衛瑛任由他發洩怒火，過了一會，才繼續道：「昨夜慕梵被人投毒，許多多和蕭奕巳都有嫌疑。而許多多在招供後自殺，蕭奕巳還在禁閉室。已經有人向校董事會建議，一週後提起對蕭奕巳的公開審判。」

「荒唐！蕭奕巳那傢伙怎麼可能做出那種事，再說多多也不可能⋯⋯伊爾！」看見門口走來的人，沈彥文像是看到了救星，「伊爾，你早上看到了多多沒？他一定還好好的對不對？快點把他喊來，謠言就不攻自破了！」

「不是。」

「你聲音大一點，我聽不清楚！」

「不是謠言。」伊索爾德喉嚨乾澀道，「通知已經貼出來了。彥文，下周小奕就會面臨審判。」

「我不信！」沈彥文大吼道，「昨天他還被莫迪教授另眼相待，怎麼今天就出了這種事！究竟發生了什麼事？」

「冷靜點。」有一個人走了過來，「也許我可以告訴你們發生了什麼。」

「沃倫·哈默。」伊索爾德警惕地看著他，「你來幹什麼？」

「別這樣。」沃倫舉起雙手，「我沒有敵意，只是有些內幕消息要告訴你們。雖然可能不久後大家都會知道，但我想你們肯定迫不及待地想明白真相。」

「你知道些什麼？」

看著這幾人，沃倫緩緩開口。

「事情很複雜，我需要一點時間來解釋……」

就在沃倫．哈默向伊爾幾人傳遞情報時，羅曼星系居住衛星被炸毀的消息瘋狂地傳了開來，衛星上的所有起義軍和幾十萬平民，無一生還。

發出毀滅導彈的，正是北辰第三艦隊。

咒罵聲和質疑聲鋪天蓋地，各個星系紛紛展開了對北辰艦隊的抗議活動。屠夫、劊子手……種種稱號被加注在出戰的軍人身上。

雖然事後中央軍部的人出來解釋，說是情報錯誤，並不知道那顆衛星上還有平民，但是消逝的生命已無法挽回，人們完全聽不進任何解釋。甚至連北辰自己的子民，也開始懷疑起他們的戰士。

「交出劊子手！」

「讓他們對死去的無辜者下跪！」

北辰的利劍，終於染上了無法洗去的血跡。

這個自數百年起就一直守衛邊境、視榮譽為生命的軍魂，不得不深深彎下了他的脊梁。

第二十三章　烽煙再起（四）

下毒事件後的第三天，亞特蘭提斯王子的私人醫療隊伍便抵達北辰，開始幫慕梵做詳細診治。

「怎麼樣？」

「呼吸平穩，心跳正常，體內毒素正在逐漸減少，殿下已經沒有大礙了。」

醫護人員忙碌地記錄資料，旁邊有人小聲議論著。

「那件事怎麼辦？」

「等殿下醒來再說吧。」

不一會，所有人退去，留給慕梵一個充分休息的空間。

一直躺在床上昏迷不醒的人，卻在此時緩緩睜開了眼。一雙深黑眼瞳望著頭頂的空白處，適應著眼前光線，接著他伸出手，望向自己的掌心。

慕梵醒了。

他記得那晚發生的一切。

意外喝下帶有毒素的酒水後，刻意遠離人群，甚至是遇到有奕巳之後的事，他都記得清清楚楚。然而此刻，他卻希望自己沒有那麼清晰的記憶。那麼，他就不會記得自己做了什麼、說了什麼，也不會記得……那雙手的溫度。

慕梵是故意的。

在發現自己中了神經毒素後，便利用最後一絲意識，逃離人群去找有奕巳。因為慕梵知道，這時能抑制住自己的人，只有他了。至於壓制住自己後，對方會遇到什麼問題，就不在他的考慮範圍內了。

一切都只是為了利用那個人而已。

但慕梵萬萬沒想到，他竟然在外人面前，展露出最軟弱不堪的一面，甚至差點暴露出心底深處的祕密！

另一件讓他感到意外的事——有奕巳溫柔撫上自己額頭的手。

此時，慕梵將手放上額頭。那裡，彷彿還殘留著某個人的溫度。滾燙、火熱，像是發燒了一樣。

王子殿下怔怔地看著窗外。他實在搞不懂有奕巳，明明對方應該猜到自己已經知道他的真實身分了，那為什麼不先下手為強，反而選擇救自己？為什麼，當時有奕巳照顧自己的動作，那麼溫柔？甚至讓他懷念起……幼時兄長撫摸自己的動作。

自以為掌控一切的王子殿下，陷入了深深的迷惘。

「殿下！」書記官推門進來，驚喜道：「您終於沒事了！」

「梅德利。」慕梵看向他，「把現在的情況告訴我。」

「是的，從您昏睡後已經過了一週，陛下派出的特使抵達北辰，正在參加審判。我們還擔心，在這之前您都無法清醒呢。」

「審判？」慕梵抓住一個關鍵字，「對誰？」

「有下毒嫌疑的蕭奕巳啊，就是今天……等等，殿下，您要去哪裡?!」

梅德利驚慌地追出去，卻只看到慕梵漸行漸遠的背影，那是他第一次在對方臉上看到那種——像是憤怒又像是擔心的表情。

完全失去了平時冷靜自持的模樣。

「下面我宣布，審判開始，帶被告人出庭。」

北辰軍校議事大廳坐滿了人。

這次與上次不同，有奕巳是被銬著枷鎖帶上來的——以投毒事件嫌疑人的身分。

看到他出現，旁聽席上一片譁然。

「肅靜！」

主審的法官敲了下法槌。

「任何干擾本次特殊審判的人，都會被帶出法庭。下面，請保持安靜。」

沒有人敢再隨意說話，但是他們可以用眼神一遍一遍地打量著臺上的人。

有奕巳背後幾乎被各種視線灼穿，但是人們依舊不見他露出膽怯的模樣，而是面向法官席，筆直地站著。

在這個位置上，有奕巳可以將現場的位置分布納入眼底。在他正前方，是三個合議庭法官的席位；左方是控方，幾名臨時調來的檢察官正襟危坐，身上別著黑金色的徽章；右方的辯護人席位上，有奕巳竟意外地看到了——

莫迪教授？

莫迪教授竟然擔任他的辯護人，這是他始料未及的。

而在他恍神的期間，控方已經結束發言，輪到辯護方發言了。

只見莫迪教授整了整衣領，站了起來。

「對於控方懷疑我方當事人涉及投毒事件，我方欲澄清以下幾點。其一，即便蕭奕巳與許多多有交情，但這並不能證明，兩人為投毒事件之共犯。控方若欲指證這點，請提出更準確的證據；其二，目前為止，還沒有人能證明蕭奕巳與慕梵所中之毒有直接關聯……」

莫迪話還沒說完，就被一人打斷。

是包法利。作為共和國法官的他，竟和帝國特使一起坐在控方席位上，實在諷刺。

「但是慕梵殿下的毒素非解藥不可解，而他在蕭奕巳身邊時，已經不受毒素控制，難道不是蕭奕巳給了他解藥嗎？這還不足以證明他是共犯嗎！」

「法官大人。」莫迪教授向主審法官道，「有人打斷我方發言，請您嚴格按照審查紀律。」

法官一拍槌，警告。

「控方請注意法庭秩序。」

包法利冷哼一聲，不再說話。

莫迪繼續道：「剛才的話，也正是我想說的。事實上，校醫院在第一時間幫慕梵做了檢查，當時他體內仍有毒素，只是被壓制住，所以無法發揮功效。因此，可以證明並非蕭奕巳給慕梵服用解藥……」

又繼續陳述一段後，莫迪結束發言，坐下。

接下來，法官示意雙方就問題進行質證和辯論。

總結下來，關鍵的爭議在於——當時慕梵究竟是怎麼好轉的？如果不是有奕巳給他解藥，他又是如何抑制毒素的？對於這點，莫迪提不出反駁證據，控方也提供不了更多證據，雙方陷入僵局。

「這就是最大的疑點！」包法利抓住機會狠咬一口，「如果他不是共犯，沒有解藥，那慕梵殿下為何沒有繼續失控？那可是足以控制鯨鯊的藥劑量，難道你們要我相信——」

他指著有奕巳，嘲笑道：「這個不過剛入學、異能等級如此低的平民，能以自身力量控制住殿下的暴走嗎？他以為他是誰，可以對一個鯨鯊施展壓制異能?!」

語氣中嘲諷的意味和吹捧帝國的做法太過明顯，令在場許多人都皺起了眉。

「這傢伙怎麼回事？」沈彥文低聲道，「明明幾個月前的入學資格評議上，最針對慕梵的就是他，為什麼他又改去去討好帝國了？」

「不是討好慕梵，也不是討好亞特蘭提斯帝國。」伊索爾德明晰道，「是迎合他自己的利益。這種人，只要有足夠好處，他哪會在乎這些。」

無論眾人怎麼想，審判因為包法利的發言，開始轉向對有奕巳不利的局面。莫迪教授深深蹙起眉，開始思考如何挽回局勢。

見狀，包法利更得意道：「如果蕭奕巳能證明自己有這樣的天賦，我就是跪下給他做牛做馬又如何？」

「做牛做馬倒是不必了。」

當事人，有奕巳突然開了口。

所有人齊齊回頭望去，只見身材消瘦的少年，望向控方席位，嘴角帶著莫名的笑意。

「至少你說對了一點。當時慕梵之所以沒有繼續暴走，是我用異能壓制住了他。」

「哈哈，你開什麼玩笑！」像是聽到了最好笑的笑話，包法利譏諷道，「區區一個黃毛小子，你真以為自己能壓制鯨鯊？要我相信這個笑話，除非我真是豬腦！」

「難道你不是嗎？」有奕巳反問。

「你、你說什麼?!」

「我說，閣下很有自知之明。」

有奕巳盯著他，精神力一點點凝聚起來。

你是隻豬。

正在怒罵的包法利驟然失聲，在眾人產生疑惑之際，他躍上了桌子，四肢著地，開始真的像豬一樣哼唧哼唧地叫起來。周圍人錯愕萬分，有人試圖拉住包法利，卻絲毫不起作用。

告訴所有人，你心底最深處的祕密。

有奕巳繼續施展異能。

這一次，包法利猶豫了一會，卻沒開口，臉上露出痛苦和掙扎的表情。

像是有兩種力量在他體內爭鬥不息，讓他做不出抉擇。

看來他被更強大的人施展過異能壓制，難以輕易突破！

有奕巳意識到這點，立刻換了一個命令。

說出你為什麼要針對我。

受到操控的包法利停止了豬叫，而是開口說出震驚所有人的話。

「我就是看不慣你，看不慣你們這些愚蠢的北辰學生！什麼榮譽尊嚴，全都是狗屎！威斯康那個老傢伙憑什麼一直坐在校長的位置上？早晚我會取而代之，我要——」

「夠了！」坐在包法利身旁的人猛然站起，怒視有奕巳，「快解除你邪惡的操縱！」

「邪惡？」有奕巳笑了笑，「異能壓制，這是每個檢察官的必修課。包法利先生既然不相信我有這個能力，我只能示範給他看。」

「你明明是在操控包法利，讓他胡言亂語！」對方吼道。

「我下的命令，只是讓人說出真心話，這點您身邊的檢察官可以證明。

如果說您不相信，不妨親自試試？」有奕巳斂起笑容，黑色的眼眸望向他。

對上有奕巳的眼睛，那人嚇出了一身冷汗。

包法利再不堪也是個二等高級法官，這個新生能這樣壓制他，未必就不能控制自己。如果到時自己也說了什麼不該說的，那可就……

遲疑了稍許，對方坐下了。

此時，在場所有人已經都驚訝地說不出話了，包括審判席上的三位法官們，他們望向有奕巳的目光，滿是不可思議。

唯有莫迪教授還算鎮定，他再次起身。

「蕭奕巳，你的異能幾級？」

「四級，快五級了，教授。」

「你能控制這位法官？」

他指包法利。

「如您所見，教授。」

「所以當天晚上，你是用異能控制慕梵，才抑制了他的暴走？」莫迪眼睛眯了眯，「跨階壓制，又是對鯨鯊施展，你可明白這意味著什麼？如果證明你所言為虛，只會對你帶來更多不利。」

莫迪的眼裡有著擔憂和警告，像是恨不得有奕巳立刻否定自己說過的話。其他人聞言，也紛紛看向有奕巳，同樣期待他否定自己先前的驚人之語。

有奕巳卻辜負了他們的期望，他張口，一字一句道：

「我的話沒有一個字虛假，教授。我使用異能壓制了慕梵，讓他免於暴走。」

話音剛落，在場傳來陣陣倒抽一口氣的聲音，所有人都不敢置信！

有奕巳能用異能控制住一名高級法官，他們還可以勉強接受，相信他是天賦異稟。但是慕梵是鯨鯊，這樣的可怕而強大的生物，竟然被眼前這個少年用異能壓制了？

他還是人嗎？

還是說他其實也是個怪物？

莫迪將眾人的反應收入眼底，深深嘆了口氣。這就是他不想看到的。即便有奕巳通過這樣的方式證明了自己的清白，日後也會遭到更多驚問與懷疑，甚至是來自他人的迫害。

然而眼前的少年不知為何，卻像是打定了主意，眼神裡毫無退縮。

莫迪深吸了一口氣，最後問：「除了你自己，還有誰能幫你證明這點？」

有奕巳猶豫了一下。

就在眾人安靜地等待時，會議廳的大門再次被人推開。一道修長的身影越過眾人，徑直走到有奕巳面前。

「我可以證明，他的話是真的。」

亞特蘭提斯王子殿下，抵達現場。

有奕巳隔著木欄，與慕梵遙遙相望。

他知道自己會與對方再次相見，卻沒料到會是在審判現場。他更沒想過，這位可以說是他宿敵的殿下，竟然前來替他作證。

吃驚的人顯然不止他一個。主審法官好不容易找回了理智，慎重問道：「殿下，不論您是什麼身分，在這裡您也只是星法典面前眾生的一分子。您能保證自己所言的真實性嗎？」

慕梵說：「我以海神的名義擔保。」

在場所有人面露錯愕。對亞特蘭提斯人來說，海神是他們唯一的真神，沒有人敢以此開玩笑。

「您的意思是，眼前這名學生蕭奕巳，他可以對鯨鯊的意識產生影響？

他的異能可以做到這種地步？」法官問。

坐在控方席位上的亞特蘭提斯特使面露不悅，戒備地看向蕭奕巳。

「實際上，蕭奕巳之所以能壓制我，正是因為我當時意識不清，他的異能才能起作用。」慕梵解釋道，「如果是現在，我可以保證，蕭奕巳壓制不了我。」

所有人都鬆了口氣。下一刻，他們又聽見慕梵說：「但即便如此，換做其他人，甚至是貴國的高級檢察官，也無法趁我意識不清時壓制我。僅僅是進入鯨鯊的意識領域，就會讓他們自身失控，甚至是精神力枯竭。」

慕梵看向有奕巳，「他之所以能成功，是因為他有著足以匹敵我的精神力。這份力量，按照帝國的話語說，來自於信仰。」他望著對方的面容。「你信仰什麼嗎？」

有奕巳沉默一會，開口：「我不信奉神明，心中對自由、秩序與正義的嚮往，就是我全部的信仰。」

「很好的回答。」慕梵微笑，「我的證詞到此結束。法官大人，請繼續審判。」

看著慕梵乖乖地退回旁聽席，想責怪他打亂秩序的主審法官也束手無策，只能繼續進行審判。

其實受害者都親自出庭為蕭奕巳作證了，審判結果可想而知。

「蕭奕巳涉及慕梵投毒一案，本庭宣布——蕭奕巳沒有嫌疑，無罪釋放！」

砰！

法槌重重地敲下，懸在所有人心頭的擔憂，也終於落地。

有奕巳被警衛解開手銬，剛走出被告席，就看到莫迪教授朝自己走來。

「你太亂來了！」莫迪責備道，「你知道今天這樣會招來多少風險嗎？

蕭奕巳，你還是個孩子，保護你本是我們的責任，你不該拚命到這種地步。」

有奕巳明白教授是在真的擔心自己，心暖道：「教授，請不用擔心，我自有分寸。」他的目光投向不遠處，「很多時候，如果沒有一定的籌碼，就難以得到別人的尊重。」

莫迪焦急道：「我不希望你還沒成長到足夠的地步，就被人暗害——」

「我明白的，教授。」有奕巳制止他繼續說下去，「但是現在我需要更多的力量，請原諒我不得不這麼做。」他笑了笑，露出一個狡猾的表情，「而且我記得星法學院的規定是，學生可以熟練掌握異能，就可以與守護騎士締結契約了吧？您覺得，這次事宣揚出去後，有多少人會來申請做我的守護騎士呢？」

莫迪一愣，隨即懊惱又好笑道：「你拿這次審判幫自己打廣告？蕭奕巳，你膽子可真不小！」

有奕巳笑嘻嘻地道：「回去該好好篩選騎士候補的名單了。以我現在的情況，最少需要一整團的騎士來保護我。」

「你這臭小子——」

兩人之間的氣氛變得輕鬆了些，正要繼續交談，有奕巳便被一群人圍住。

「你這小子！」沈彥文狠狠一拳砸在他胸膛，「嚇死我了！出了這麼大的事，我都不知道該怎麼辦了！」

伊索爾德微笑，「幸好最後結局是好的。」

衛瑛接著問：「你什麼時候招騎士？」

其他檢查官候補系的同學也全聚了過來，圍著他又是驚嘆又是寬慰地笑鬧了好久，有奕巳只能一一應付他們。

此時，周圍卻突然靜了下來。

「恭喜你成功擺脫嫌疑。」慕梵走到他面前。

「這還要感謝殿下的無私幫助。」有奕巳客套地回答。

慕梵深深看了他一眼，不再多說，轉身離開。

其他幾人在背後議論起來。

「怎麼搞的，慕梵今天怎麼陰陽怪氣的？」

「殿下的脾氣向來古怪……」伊索爾德苦笑道。

有奕巳一直盯著慕梵的背影，注意到他和一旁追來的帝國特使低聲交談著什麼，神情帶著疏離的防備。之前在審判時露出的那種從容有餘的笑臉，早已消失不見。

他高傲，但也會審時度勢；他懂得分寸，卻不會曲意迎逢。慕梵，生來便擁有令人望不可及的地位，卻偏偏要自降身分入學北辰……

而且，他似乎已經知道了自己的身世，卻對自己伸出援手，究竟有何目的？

有奕巳想，恐怕一輩子都看不透那傢伙了。

突如其來的橫禍，總算告一段落了，但有奕巳跌宕起伏的校園生活，至此才掀起新的篇章。

作為第一個還沒畢業就先上過審判庭，還是以被告身分出席的檢察官候補，有奕巳受到了全校師生的高度關注。當然，其中免不了一些閒言閒語，但至少在本人面前，沒人敢直接露出這種情緒。

為什麼？單憑他可以跨階使用異能壓制，誰敢小瞧他？

現在人們提到蕭奕巳，基本反應是——

「蕭奕巳，我知道，前陣子剛被審判過的那個學生嘛。」

「不不不，他可不好惹！連禿頭包法利都栽在他手下，你想他得是個多殘暴的傢伙！」不瞭解內情的外人。

「我倒是滿崇拜他的，聽說他和冷面莫迪關係也很好。」來自檢察官候補系的心聲。

因此，雖然謠言不斷，有奕巳還算是過著平靜的生活。

除了——

「請相信我對你是真心的！」

一名身著白色校服的高大男子噗通一聲半跪在地，手裡拿著一枝新鮮的玫瑰，攔住了有奕巳的去路。

「哦，智慧與美麗的人兒，我對你的忠誠天地可鑒。哪怕知道自己不可能做你的唯一，也請收下我，成為與你相伴的一員。」

聽著對面可歌可泣的「求愛」發言，有奕巳忍著跳動的青筋，面無表情地接過了花。

「謝謝，如果師兄是想申請做我的騎士，先問問我身後這位吧。」

衛瑛。

沉浸在自己世界裡的男生抬起頭，就看到站在有奕巳背後，面色陰沉的

女孩挑了挑眉，看向他，「要搶人，先跨過我的屍體再說！」

「打就打！」那男生道。

兩人便真的到一旁的空地上打起來，飛塵漫天。

沈彥文偷笑道：「我說，既然你不打算隨便接受這些人的騎士申請，幹嘛還要收他們的花？你知道嗎，守護學院那邊都流傳開了，送什麼你都不收，唯有送花才能討好你。你的新外號可是——花仙子，哈哈哈哈！」他捧腹大笑起來。

有奕巳卻沒有笑，他撫摸著花朵，輕聲道：「因為有人很喜歡花，我只是替他收著。」

他曾認識的一個朋友，喜歡鮮花，喜歡植物，喜歡一切與生命有關的美

好事物。

沈彥文收起了笑，「小奕，你還……」

「事情絕沒有那麼簡單，彥文。」背對著他，有奕巳的聲音傳來，顯得有些冰冷，「我會查清楚的，究竟是誰在幕後操縱……直到他們付出同等代價。」

沈彥文原以為，事情結束後，一切都會恢復原樣。然而，他卻忘了，發生的事會在生命中留下刻痕。失去的人不會回來，留下的人也不會忘記。

「走吧。」有奕巳一掃陰影，回頭對他笑道：「今天可是期末考，別遲到了。」

「哦！但是衛瑛和那傢伙怎麼辦？」

「就讓他們繼續打吧。」

沈彥文替兩位爭風吃醋的候補騎士默哀了一番，便跟著有奕巳拍拍屁股走人。

北辰校園的生活，似乎是一如既往，考試，複習，考試……

有奕巳在這裡的第一個學期，就這樣結束了。學校開始放假後，伊索爾德和沈彥文、衛瑛等人相繼離開，只有他申請了留宿。

這段時間算是真正清閒了，沒有人來打擾，也不用忙於課程，只要安心地閱讀有銘齊留下來的書籍就可以。

可惜，平靜很快就被打破了，意料之外的人找上門來。

「慕梵？」

他看著眼前的亞特蘭提斯王子殿下，幾乎不敢相信自己的眼睛。

一頭俐落短髮、一身便衣站在他面前的慕梵，看起來就像個普通的鄰家少年——除了太帥了一點。

好吧，有奕巳不甘心地承認，還有高了很多。

換了新造型的慕梵，整個人都和以前不一樣了。

「和我出門一趟。」他張口就道。

「理由？我可不像殿下那麼清閒，每天還有教授布置的課外任務要——」

慕梵打斷他，「難道你不想知道，害死你朋友的罪魁禍首嗎？」

「好，我跟你去。」

第二十四章 烽煙再起（五）

有奕巳和慕梵單獨出門，絕對是破天荒的第一次。

兩人並肩走在路上，一高一矮，一前一後。有奕巳的身體還正在發育期，比不上慕梵這個百年老妖精，沒走幾步就落後了。但他性格倔強，不願開口，只能加快步伐跟上。

等慕梵反應過來時，有奕巳為了追上他，已經出了一身的汗。

「你……」他微微皺起眉，隨即放慢了腳步。「下次跟不上的時候，就說一聲。」

有奕巳有些意外地看著他，點了點頭。

這時兩人已經走出了北辰的學生宿舍區，再往外走便是被學生們成為「墮落街」的一條商店街，吃喝玩樂的店家應有盡有。

然而今天有營業的店家卻很少。

有奕巳正覺得奇怪，慕梵先開口了。

「他們做的是北辰軍校的生意，學生都放假回家了，還開店做什麼？」

有奕巳一愣，發現自己疏忽了這點。但是慕梵竟然瞭解這方面的事情，倒讓他感覺有點意外。王子殿下，不應該是不食人間煙火的嗎？

接下來的事，更是徹底顛覆了有奕巳的看法。

只見慕梵帶著他走到一家還沒關門的店門前，進去和老闆說了些什麼，再出來時一個高壯的男人看著有奕巳，不屑地哼了一聲。

「這就是你的夥伴？看起來很弱，能行嗎？」

慕梵微笑，「他行不行我知道，不用你操心。」

壯漢哼了一聲，在前面帶路，兩人緊跟著。這一路上，拐彎，繞小路，走密道，有奕巳一直跟著，雖然心裡的疑惑越來越大，但是他仍沒有開口。

最後，那人將他們帶到一座不起眼的低矮建築前，收了慕梵給的錢後，轉頭便走。

「這是哪裡？」有奕巳開口。

慕梵好笑道：「你現在才問，不怕我把你賣了？」

「比起殿下，我可不值錢。」

慕梵看了他一眼，「那可未必。」

接著慕梵在前領路，帶著有奕巳進了貌似普通的建築內。

直到進去後，有奕巳才發現，這竟然是一個拍賣場。辦在這麼隱蔽的地點，能是什麼正派的拍賣場嗎？果然，稍微觀察了一下待賣的物品，就知道這不是一間能曝於陽光下的拍賣場。

「這裡是北辰最大的違禁品交易場。」慕梵開口道，「軍火、毒品、禁藥……各式各樣的東西，只要想要，都可以在這裡買到。」

「包括足以毒倒一頭鯨鯊的毒藥？」有奕巳問。

「你能猜到就好。」慕梵笑了，「後面的話……等到包廂裡再說吧。」

接著，兩人找了一間交易用的包廂待著，繼續交談起來。

「你是想說，許多多之前是在這裡買到毒藥的？或者是別人買了轉手給他的？你要在這裡找出當時的買家？」

慕梵卻搖了搖頭，「你知道這拍賣場是誰開的嗎？是蘭斯洛特．奧茲。」

「……聽起來有點耳熟。」

慕梵無奈地道：「當年北辰七將之一，在有卯兵殉職後便消失於軍政界，不問世事。但其實奧茲家族一直經營著兩國邊境的地下貿易，比起有王耀，他才是北辰當之無愧的地下之王。」

「做這種交易，最重視的就是信譽，無論你是殺人犯、強盜、土匪，他都要確保你在這裡的交易安全無虞。如果蘭斯洛特把客戶的資訊洩露出去，就是自砸招牌。」慕梵又加了一句，「當然，如果你親自上陣和他說明緣由，也許就不一樣了。」

「還是算了。」有奕巳面無表情道，「我不過是個孤兒，何德何能勞煩這位提供消息給我。」

慕梵深深看了他一眼，「既然你不願意，那只能走另一條路了。」

「什麼？」

「買。世上沒有錢不能解決的事，除非是利潤不夠大。我們花錢買情報，對方不至於拒絕到手的利益。」

有奕巳皺起眉，「我沒帶錢。」

「我還不至於指望你。」慕梵輕輕揚起了笑。

有奕巳聞言，有種莫名的悲傷。

不一會，慕梵招手喊來拍賣場的一位侍從，附耳低聲說了句什麼。侍從露出為難的表情，慕梵又說了句什麼，侍從點了點頭退出去。等他再回來時，交給了慕梵一樣東西，有奕巳遠看了一眼，那似乎是個儲存器。

「主人說，客人的情報不方便透露給各位，但是可以交易一些線索。」侍者說完，便退下。

指尖把玩著儲存器，慕梵露出玩味的笑容。

「小小的東西，關係了多少人的命運呢……」

「就這麼簡單？」有奕巳皺眉，「既然這樣，你何必特地帶我來？」

「我只是想，也許以後你也會用到這些管道。」慕梵說，「而且帶你來這裡，是因為這邊還是一個絕佳的觀景點。」

觀景點？

有奕巳順著他的視線看去，原來包廂的窗口正對著星港。在這裡，可以清晰地看見星港的飛船起起落落。

「你……」

有奕巳話還沒說完，便聽到星港上空傳來熟悉的破空聲。那聲音他曾經聽過，記得是入學測試前夕，和伊索爾德一起偷跑去港口，圍觀北辰艦隊回航時的情景。

此時，同樣的聲音再次響起，星港上空的防禦罩緩緩打開，一艘艘帶著炮火痕跡的星艦駛入。

北辰第三艦隊，返航了。

那一刻，星港附近的居民都抬頭望著那一艘艘黑色的龐然大物。它們無聲而有序，帶著剛從戰場歸來的縷縷傷痕。然而這次，有奕巳卻沒聽見任何歡呼，彷彿寂靜就是對一切解釋。

慕梵不知何時也走到了他的身邊，和他一起安靜地看著艦隊入港。

即便相隔很遠，有奕巳彷彿能看清船艦上的斑駁傷痕，也能聞到剛從戰場上退下來的硝煙味。

他們沒有打敗仗，卻也沒有勝利。出發時帶著榮耀和使命，歸來時卻得不到歡呼與感激。

周圍的空氣，如凍結了一般。

有奕巳喃喃道：「戰爭，究竟是什麼？」

「是死亡。」慕梵回道。

無論勝利還是戰敗，唯一永恆不變的，就是戰爭帶來的死亡。

之後兩人離開拍賣場，走上街，可以看到三三兩兩穿著軍服的人，都是剛從星艦上歸來的第三艦隊軍人。他們臉上沒有如釋重負的歡笑，卻有著難以言喻的疲憊。

有奕巳走在街頭，驀然看到一個熟人。

「柏——！」

他正準備喊人，卻看到神情恍惚的柏清不小心撞到一個小孩，他馬上蹲下身，想要扶著那孩子。

然而小孩的母親卻飛快上前，抱走了孩子。她留給柏清的背影，還帶著慌亂和恐懼。

什麼時候，北辰的人民也開始懼怕他們的軍人了呢？柏清握緊拳頭，嘴角是難以咽下的苦澀。身後的戰友走上前拍著他的肩，兩人一起離開了。

從始至終，有奕巳旁觀一切，卻幫不上任何忙。

「你的朋友？」慕梵問，「不去打招呼？」

「我想，他現在應該不希望被打擾。」有奕巳搖了搖頭，轉身離開。

在路上，他們還看到了其他軍人，他們臉色的表情大多和柏清一樣——麻木而無措。看來炸毀那顆居住星，以及誤傷平民所帶來的影響，直到這時還沒有消除……無論是在民眾心中，還是在這些軍人心中。

「人類很狹隘。」慕梵道，「同樣是戰爭和死亡，只要打上一個正義的名號，他們就會歡呼雀躍，將犧牲者奉為烈士。但是……戰爭有哪方一定是正義的嗎？」

「有時戰鬥是為了自衛，不得不反抗。」有奕巳說，「至少這一次不是。」

「是嗎？」慕梵自嘲，「那你覺得什麼是正義的戰爭？兩百年前的那場嗎？」

兩人第一次正式談論起這個話題。

有奕巳心抖了抖，不知道慕梵是不是打算撕破臉，他深吸了一口氣，道：「當年率先開戰的不是我們。」

慕梵平淡道：「是嗎？那你覺得，帝國為什麼要無緣無故地開戰？僅僅是因為野心？」

有奕巳警覺，「什麼意思？」

這一次，慕梵沒有再回答。

有奕巳看著他沉默的側臉，彷彿看到了許多藏於暗處的思緒。

在兩人即將抵達學校前，有奕巳終於忍不住又問他。

「那麼，你為什麼要幫我？難道你不在意當年的事了嗎？」

慕梵望著他，眼中閃過諸多思緒，最後變成了一句話。

「直到最近我才明白，如果非要憎恨誰，那就是什麼都無法挽回的自己。」他說，「情報查清後，我會再去找你。」

留下最後一句話，慕梵離開了。

有奕巳站在原地，看著慕梵離去的背影，思考著他話中之意。難道慕梵的意思是，當年的戰爭，不只是一場侵略與反侵略那麼簡單？聽語氣，裡面似乎有什麼不為人知的祕密……看來得回去好好查查有銘齊留下的徽章，找找是否有什麼線索。

就在當天，北辰第三艦隊歸來的消息很快傳遍國內。

雖然宣告了一場內戰的結束，另一場戰鬥卻隨即開始。

第二個學期開學一個月後，有奕已得到消息，因戰鬥中濫殺平民的行為，北辰第三艦隊被告上了軍事法庭，面臨制裁。

在那天之前，一切看起來都風平浪靜。

——《星際首席檢察官02》完

高寶書版集團
gobooks.com.tw

BL038
星際首席檢察官02

作　　者　YY的劣跡
繪　　者　あさ
編　　輯　林思妤
校　　對　任芸慧
美術編輯　彭裕芳
排　　版　彭立瑋

發 行 人　朱凱蕾
出　　版　三日月書版股份有限公司
Printed in Taiwan
地　　址　臺北市內湖區洲子街88號3樓
網　　址　www.gobooks.com.tw
電　　話　(02) 27992788
電　　郵　readers@gobooks.com.tw（讀者服務部）
pr@gobooks.com.tw（公關諮詢部）
傳　　真　出版部　(02) 27990909　行銷部 (02) 27993088
郵政劃撥　50404557
戶　　名　三日月書版股份有限公司
發　　行　英屬維京群島商高寶國際有限公司台灣分公司
Global Group Holdings, Ltd.
初版日期　2020年 5 月
二刷日期　2021年 4 月

國家圖書館出版品預行編目(CIP)資料

星際首席檢察官 / YY的劣跡著.-- 初版. -- 臺北市
：三日月書版股份有限公司出版：英屬維京群島高
寶國際有限公司臺灣分公司發行, 2021.05-
面；　公分. --

ISBN 978-986-06233-4-5(第4冊：平裝)

863.57　　110004356

三日月書版

三日月書版

GOBOOKS
& SITAK
GROUP ©

GOBOOKS
& SITAK
GROUP©